花子とアン村岡花子の甲府時代

山梨英和学院史料室
深沢美恵子◉編著

教文館

はじめに

村岡花子（旧姓・安中《あんなか》）は東京麻布の東洋英和女学校の高等科を卒業して、一年後に就職のため、山梨県甲府市にやってきました。もともと甲府の和田平町《わだびらまち》で一八九三（明治二六）年に生まれた花子は、一九一四（大正三）年四月から一九一九（大正八）年三月まで五年間、甲府にある山梨英和女学校の校長秘書兼英語教師として生活しました。

当時は、甲府の駅の駅名標が歴史的かな遣いで「かふふ」と表示されている時代でした。

花子にはそのころのことを書いた随筆がたくさんあります。そこで、当時の甲府の町、当時の時代背景などを通して、花子の青春につながる「甲府」を浮かび上がらせ、花子の足跡をたどってみたいと思いました。

甲府時代の最初の思い出は就職前からはじまっていた「初恋」ではなかったでしょうか。だが、五年いるうちにその「初恋」は実りませんでした。それもやがては癒え、書きたいという思いが募り、『爐邉《ろへん》』出版を機に甲府を去ることになりました。

村岡花子の文や考えは生活から生まれてきたものを深めていると思います。「今の価値観」で読んでもけっして古いとは感じません。いつもひたすらまっすぐ、つねに生活に根ざした考え方の根底には、花子の豊かな経験が生きています。読者はそのまっすぐな気持ちに、昭和一〇年代、花子四〇歳代に書かれた随筆で出会うことになるでしょう。

私は甲府生まれで、山梨英和女学校のある愛宕山《あたごやま》の中腹に四〇年近く住み、朝な夕な南アルプスを眺めつつ暮らしています。山は一〇〇年経っても変わりません。花子もこの山を眺めたのだなと思うと一層に親近感を感じます。

大正時代の「甲府」の街で生活した花子。戦災を経て大きく変わった今の甲府の「どこか」から安中花子が出てくるような錯覚にとらわれます。

二〇二一年三月　コロナ禍の甲府で

深沢　美恵子

生徒とともに。1916（大正5）年
左・雨宮静子、中央・安中花子、右・河野貞子
（東洋英和女学院史料室提供）

目次

はじめに　3

1　花子とアン……11

2　甲府へ赴任……17
随筆1「甲府のおもいで」　17
随筆2「えんぴつ売り」　24

3　大正時代の「かふふ」と山梨英和女学校……29
随筆3「汽車の中」　32
随筆4「ぶどうの房」　36
随筆5「コタツの上の美味」　38

4　甲府生まれの母、安中家の家族……45
随筆6「母の思い出」　47

5　甲府の生活……51
随筆7「初めて仕事を持ったころ」　51

随筆8「郷土の冬、郷土の人」56
随筆9「甲斐路にて」58

6 甲府教会……65
随筆10「忘れ得ぬ人」76

7 ミッションスクール……69

8 初恋……81
随筆11「彼と彼女」89
随筆12「美しきもの」91

9 柳原燁子《やなぎはらあきこ》（白蓮《びゃくれん》）、片山広子《ひろこ》との友情……95
随筆13「心なくして手を」96
随筆14「静かなる青春」100

10 山梨英和女学校の国語教員山田弘道《やまだこうどう》……103
随筆15「クリスマスの追想」104

11 山国甲府の美しさ……111
随筆16「空を仰ぐ」111

12　広岡浅子、市川房江との出会い……115
随筆17「肩書」117
随筆18「I女史への記憶」119
13　富士登山……127
随筆19「山を想う」127
14　愛娘の甲府疎開……131
随筆20「小学生の母」131
15　心の翼……139
随筆21「心の翼」139
随筆22「日本人の記憶力」144
16　「矯風会《きょうふう》」活動……149
17　『爐邉《ろへん》』出版……153
随筆23「初めての本」153
随筆24『爐邉』「はしがき」155
随筆25「ほうとう」158

18 甲府を去る……161
随筆26「静かなる青春」(つづき) 163
随筆27「初めて仕事を持ったころ」(つづき) 166
随筆28「バイブル」 168
随筆29「時計」 170
19 戦後の甲府……175
随筆30「甲斐路にて」 176
20 花子の死……189
本書に掲載された村岡(安中)花子の随筆出典一覧 193
参照文献・資料一覧 195
あとがき 199

凡例

1 本文中では、「村岡花子」の表記のほかに、「安中花子」「安中はな」「花子」など、文脈に応じて使い分けた。

2 村岡花子の随筆の転載に際して、「歴史的かな遣い」は「現代かな遣い」に、旧字体は新字体に改めた。また、転載文中、編著者の入れたふりがなは〔 〕で示した。

3 転載した村岡花子の随筆については、引用箇所および巻末に出典を明記した。

4 転載・引用文中における〔 〕は編著者による補足および注記である。

5 本文に掲載されている写真のうち、村岡花子に関わるものはすべて東洋英和女学院史料室が権利を有する。その他については、提供先が記載されているもの以外は編著者または山梨英和学院所蔵のものである。

1　花子とアン

『赤毛のアン』の翻訳者として

村岡花子はモンゴメリ作『赤毛のアン』の最初の翻訳家として、日本にアンを紹介し、普及させた功績によって後世まで名が残るであろう。

原作者モンゴメリはカナダの作家で、*Anne of Green Gables* という題名で『赤毛のアン』を出版した。原題のグリーンゲイブルズ（Green Gables）は主人公のアンが住むことになるカスバート家の屋号であり、直訳すると、「緑の切妻屋根」という意味。原作の発行は一九〇八年、日本では明治四一年だった。そのころは、海外から来た婦人宣教師たちがつくった女学校はミッションスクール（キリスト教主義学校）と言われるようになり、その学校に赴任するため、学歴・学識の高い婦人宣教師たちが日本に次々とやってきた時代であった。

当時の、初期「カナダメソジスト教会婦人宣教師たち」の写真（次頁）では、主人公アンが物語の中で欲しがった袖のふくらんだパフスリーブの洋服を中列左端の宣教師が着ている。花子が学んだ東洋英和女学校で花子をかわいがったブラックモア校長（後列左から二人目）や山梨英和女学校の初代校長ウィントミュート（前列右端で座している）、静岡英和女学校の初代校長カニングハム（後列中央）が写っている。中列右か

カナダから来日の初期の婦人宣教師たち。1889(明治22)年5月以前
(東洋英和女学院史料室提供)

ら二人目のスペンサー宣教師は結婚してミセス・ラージとなり、東洋英和で二代目校長となるが、学校で強盗事件があった時、夫のラージ宣教師は強盗に殺され、ミセス・ラージ本人も怪我をする。

モンゴメリは新聞記事で読んだ「男の子と間違えて女の子を引き取った夫婦の話」に着想を得て、*Anne of Green Gables* を書いた。これは、孤児院暮らしだった主人公アン・シャーリーが一一歳で男の子を欲しがっていたアヴォンリーのカスバート家に引き取られてからクィーン学院を卒業するまでの少女時代五年間を描いた作品で、プリンス・エドワード島の田舎で育ったモンゴメリは、自分自身の少女時代をこの作品に投影した。

モンゴメリはアンを主人公とする続編や周辺人物にまつわる作品を多数書いている。また、モンゴメリ自身、早くに両親と離れて祖父母に育てられたため、アン同様、孤独で理解されない子どもとして育った経験を持つ。

邦題『赤毛のアン』は、村岡花子が一九五二（昭和二七）年に初めての日本語訳を出版した時に付けられた題名である。村岡花子はカナダ人宣教師ミス・ショーが一九三九（昭和一四）年、戦局のために（日中戦争ははじまっていた）カナダに帰る際にショーから *Anne of Green Gables* をもらった。花子はそれを読み、来日した宣教師との生活から学んだ価値観や人生観がまさしくこの本の中に描かれていることに夢中になり、英語は敵性語であった戦時中も隠れて翻訳していた（ショーは帰国の翌年に亡くなり、再会することはなかった）。

よく売れる本ばかりが出版される業界の風潮の中で、一九五二（昭和二七）年にやっと出版の運びとなり、村岡花子は『窓辺に倚《よ》る少女』という題名を考えていたが、版元の三笠書房の編集者小池喜孝が『赤毛のアン』という題を提案し、社長の竹内道之助が村岡花子にこれを伝えた。村岡花子はこの題名を一旦断るが、これを聞いた花子の養女みどり（当時二〇歳）が『赤毛のアン』という題名に大いに賛同し、この案を強く推した。そこで花子は娘のみどりのような若い読者の感覚に任せることにし、『赤毛のアン』という日本語の題名は決定された。

こうして刊行された初版の『赤毛のアン』の表紙に描かれていたのは、題名が遅く決まったせいか、どう見ても金髪の少女だった。

昭和三〇年代、中高生であった私は『赤毛のアン』で育った世代で、次々と出るアンシリーズの新作に飛びついた。

『赤毛のアン』で村岡花子の名前は不動のものになった。『赤毛のアン』は少女読み物と思われがちだが、男子もぜひ読んでみてほしい。「女子の気持ちがわかる」「幸せとは何か」「人は違っていてそれで良い」「どんな価値観で生きるのか」「自分なりの生活スタイルをつくる」「自分の人生の平凡さを楽しむ」「誰でも成功しなきゃいけないなんて思わなくてもよい」など、いろいろな価値観を学ぶことができる。『赤毛のアン』の大成功は、若いころから家庭文学を志していた村岡花子の集大成と言ってよいであろう。

東洋英和女学校の旧友・三枝《さえぐさ》たか代

山梨英和女学校出身の三枝たか代は、一九〇五（明治三八）年三月山梨英和女学校を卒業し、四月から東洋英和女学校の高等科に進学した。そして入った寮で花子と出会い（花子は本科一年生）、二年間花子と生活を共にした（たか代の時代は修業年限二年、花子は三年）。たか代は一九歳で高等科を卒業し、WMS（カナダメソジスト婦人宣教協会）の経営する長野県上田の保姆《ほぼ》養成所で宣教師の通訳や補佐をしながら、山梨英和の時甲府教会で知り合っていた浅川伯教《のりたか》と遅すぎる結婚をした。たか代二七歳、伯教三〇歳であった。伯教は七歳の時父を亡くし、祖父の影響を受けるが、祖父の死後、家督を継いだ。伯教は小学校の訓導をして家計を支えていたが、たか代との結婚の道筋をつけるために一九一三（大正二）年、一年早く一人で朝鮮（当時は日本の植民地）に向かい、翌年甲府に戻り、甲府教会で結婚式を挙げた。たか代はそのころ、結婚式までは甲府教会で福音士《ふくいんし》として勤めていた。花子は四月に就職し、生徒と共に甲府教会に毎週通っていた。そこでたか代に再会していた。

たか代はその後、朝鮮・京城（いまのソウル）で新生活をはじめた。写真（次頁）は浅川伯教・たか代の晩年の仲睦まじい私の好きな写真。

伯教は朝鮮に行った後に朝鮮陶磁研究者になり、朝鮮古陶磁の研究者として大成する。

浅川家は戸主伯教の敷いた路線で一家を挙げて、母も弟の巧《たくみ》（兄と共に大日本帝国の植民地下朝鮮で、心に

左端・たか代、中央・母けいを挟んで左側・浅川伯教家族、右側・浅川巧家族
（浅川克己氏提供）

残る日本人として伯教にまさって有名になる。四〇歳で死去し、韓国に今も墓が残り慕われている）も京城に渡り、実家（現・北杜《ほくと》市高根町五町田）は手放した。

花子と東洋英和女学校の寮で二年間一緒だったたか代からみると、年下の花子の行動力は印象に残っていたのだろう。東洋英和女学校『同窓五〇年史』（一九三四［昭和九］年）に花子の活躍ぶりと有名になったことが朝鮮まで知られるようになったことがわかる記事を載せている。たか代は「安中お花さん、今の村岡夫人にはいつも驚かされます」と。

花子は五年間の甲府での教師生活の後、日本基督教興文協会（現・教文館）に勤め、仕事上知り合った村岡儆三《けいぞう》と恋に落ちた。村岡儆三は当時、まだ結核で寝込んでいる妻（実家にいた）と籍を入れたままであり、妻帯者の身での禁断の恋であった。花子と儆三との往復書簡（ラブレター）の文面にもその激情と葛藤が現れており、その数

最晩年の浅川伯教とたか代。昭和30年代（次女の上杉美恵子氏提供）

は出逢いから結婚までの半年間で七〇通以上にのぼったという。

二人を引き合わせた翻訳書『モーセが修学せし国』の奥付には、発行人の名を挟んで「訳者安中花子」「印刷人村岡儆三」と二人の名前が並んでいる。儆三は英語、ドイツ語、ラテン語に通じ、キリスト教徒として聖書にも詳しいことから、花子の翻訳家としての良き相談相手でもあった。

「妻は三歩下がって夫に従う」と言われた時代にあって、結婚後一〇年以上経ったころでも、儆三と花子は外出時、二人連れ添って歩くことが多く、おしどり夫婦として近所でも評判であったという。

花子もたか代も、両性の意思で結婚をするという、当時の日本としては新しい価値観を宣教師たちの自立した生き方から学んだと言えるだろう。

2　甲府へ赴任

東洋英和女学校を卒業し甲府へ

『山梨日日新聞』の九〇周年記念に何か書いてほしいと頼まれて書いたのが、次の「甲府のおもいで」である。一九五二（昭和二七）年『赤毛のアン』がヒットし、もう十分有名人になった村岡花子が、社主の姉浅川（野口）文子と仲良しの縁で頼まれたのであろうか。甲府に赴任したのは五〇年も前のことだが、生まれた町名までしっかり書かれている。さすが、その記憶力の良さに驚く。随筆に出てくる旧町名の和田平町は、現在の甲府ではすっかり忘れられている。

甲府のおもいで

山梨日日新聞《やまなしにちにちしんぶん》が九十年になるとは驚いたものである。何か書けと求められたが、あれこれと題目《だいもく》を考えているうちに、結局、「甲府《こうふ》のおもいで」というところにおちついてしまった。

甲府市和田平町で生まれた私は、小学校入学以前に父母といっしょに上京して、小学校、女学校、高等科と、全部東京なので、幼い時代の記憶はあまり甲府について持っていない。

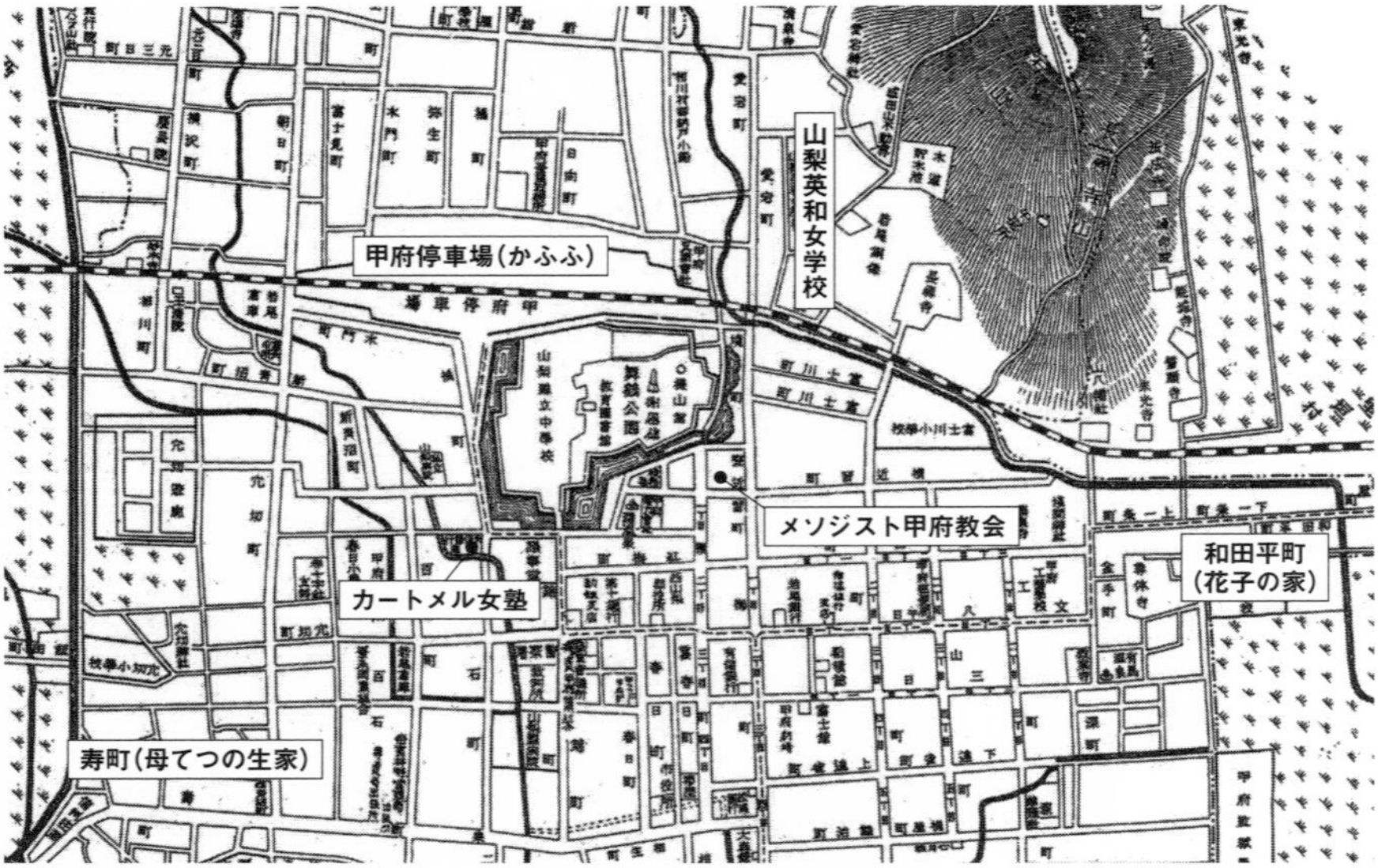

1922（大正11）年から1928（昭和3）年までの甲府中心部の地図。地名記入は筆者
（『ふるさとの想い出写真集　明治・大正・昭和　甲府』国書刊行会刊）

『山梨日日新聞』一九六二（昭和三七）年三月二一日

和田平は当時の甲府市の東端にあり、旧甲州街道が金《かね》の手で曲がって、金手町《かねんてまち》から、東にまっすぐの道になるところを五丁下りと言う。金手・上一条・下一条・和田平・城屋《じょうや》と町名が五つ続いて当時の甲府市は終わっていた。戦後も甲府駅からタクシーに乗って「五丁下りの和田平まで」と言うとさっと動いてくれたという。

今は城東《じょうとう》〇丁目となり、以前の町名は自治会名などで残っているところもある（現在、和田平は城東三丁目）。

東洋英和《とうようえいわ》で女学校五年、高等科三年を終えてから、同じ系統のカナダ系の山梨英和の教師として赴任《ふにん》して、ほんとうに私の甲府生活が始まった。甲府市の高台《たかだい》であろうか、愛宕町《あたごまち》に山梨英和女学校は建っていた。夏の休みには東京へ帰省していたので、甲府の暑さというのはそれほどに感じなかったが、冬休みには一月早々東京から帰校するので、二月の寒さは身にしみてつらかった。

前掲紙

花子が在職中は第一次世界大戦（一九一四―一九一八年）のさなかで、カナダ（当時はイギリス連邦内であったため）も日本（日英同盟）も参戦していた。学校では兵隊さんを思い、部屋でもストーブは焚かれなかった。それで、記憶に残る寒さだったと思う。

　また、世界的なパンデミックを起こした「スペイン風邪」（流行性感冒と言った）もこの時期のことであった。花子が甲府にいた時代、「スペイン風邪」の感染拡大が最も多かった。第一波の一九一八（大正七）年八月から一九一九（大正八）年三月が最大のピークであった。一九一九年一月、内務省衛生局は一般向けに「流行性感冒予防心得」を出し、一般民衆にスペイン風邪への対処を大々的に呼びかけている。驚くべきことに、スペイン風邪の原因がウイルスであることすら摑めなかったのに、当時の人々の未知なる伝染病への対処は、現代の新型コロナ禍における一般的な対処・予防法と酷似している。マスク（呼吸保護器と言った）着用とか人ごみに行くなとか予防法は今と変わらない。花子もマスクをしたのだろうか。

　日本では、当時の人口五五〇〇万人に対し、約二三八〇万人（人口比約四三％）が感染、約四五万人以上が死亡したとされる。

　そのころは、現在の野口山梨日日社長[*1]の祖母上がお元気で、いわゆる甲府の名流夫人として活躍していられた。名流夫人などというのは月並みな言い方で、彼女は非常に気さくな方でいわば「いいおばさま」型であった。

　令嬢の文子《ふみこ》さんが麻布《あざぶ》の東洋英和で私の大先輩であり、すこしのあいだ教えていただいた関係もあっ

東洋英和女学校の教師たち。1925（大正14）年ブラックモア宣教師帰国の際の写真
右端・ブラックモア校長、右から３人目・舎監加茂令子、４人目・野口文子
（東洋英和女学院史料室提供）

て、前社長ご母堂にはかわいがっていただいた。甲州人の方言であろうか、どんなに大きくなっても「文坊がね」と、ほんとうはふみ坊と言うのを「坊」をすこし詰めて、「ふみぼ」と呼ぶ。その「ふみぼ」のことをいつもあれこれとなつかしげにうわさするのであった。

前掲紙

上の写真の右端の人物は二〇一四（平成二六）年のNHK朝の連続テレビ小説『花子とアン』でブラックバーン校長として登場したブラックモア校長。右から四番目の野口文子は山梨英和女学校を一九〇四（明治三七）年卒業後、東洋英和女学校高等科を出て、山梨英和女学校で教えるが（旧教員名に載っている）、東洋英和女学校へ移り、英語の教員となる。その後、辞めて結婚した（東京工業大学浅川権八《ごんぱち》の妻）。浅川権八は日本独自の木炭自動車の発明者である。

右から三人目が「英和の加茂か、加茂の英和か」と言われた東洋英和の舎監の加茂令子。加茂令子は一八九四（明治二七）年から一九三六（昭和一一）年まで四二年間勤め、

山梨英和女学校百石町校舎にて。1903（明治36）年ごろ
中列左端・野口文子、その右横は山梨英和の名舎監神子田とく

その間の校長は一〇人に上った。花子は一〇年間お世話になった。花子が印刷・編輯人となっている『東洋英和同窓会報昭和一二・一三合併号』に加茂令子名で「感謝の日々」として、「房州の御新邸の加茂先生」が一頁写真入りで載っている。加茂令子についてはいろいろな学校から引き抜きがあったが、東洋英和は離さず、辞めてからは郷里房州に引退し、一九四八（昭和二三）年に亡くなった。

浅川（野口）文子は、結婚前も結婚後も、山梨英和女学校『同窓会報』（毎年一回出版される）の消息欄や会費納入者、寄付金納入者（あらゆる寄付金など）に毎号必ず名前が載っている。結婚後の住所は東京中野。文子は東洋英和女学校の高等科を出ているので、花子にとって先輩同窓生であるが、花子は東洋英和で文子に教えられてもいるので恩師でもある。

花子は、野口山梨日日社長の「祖母上」と

書いているが、正しくは「母上」。姉が文子で弟が野口二郎（山梨日日社長）である。ここは花子の記憶違いと思われる。文子の母は「いし」「いし子」と言って、甲府の名花と謳われ、山梨英和『同窓会報一九二九年』に載っている。「甲府の西端百石町《ひゃっこくまち》にいま尚香りゆかしく咲き、匂い居る花にて、甲府の新聞王と呼ばれし故野口英夫《えいふう》氏夫人いし子姉である。姉は喜寿の高齢を迎うる今日尚壮者をしのぐ御健康にて、御愛児現山梨日日新聞社々長二郎氏を助けてその功大なり、之はまた節婦として世に知らる」と。

キリスト教世界では人類皆兄弟と言うことだろうか、古い教会ほど今でも女性のことは「姉」、男性は「兄」と呼ぶ。○○さんくらいの軽い呼び名である。年下だから「妹」「弟」とは呼ばない。

当時の学校は早稲田の英文科出の男性教師を教頭として、その下には日本女子大、津田英学塾、お茶の水女高師といろいろの学校の卒業生が職員室に集まっていたので、自然に学校同士の競争意識も発生していたらしい。

私は山梨英和と同系統の東洋英和の卒業生であり、第一、その時代の東洋英和は校長〔ブラックモア校長〕の主義で実力さえあればといって文部省令[*2]からは全く自由に課程を定めていたので、卒業生は山梨、静岡の英和へ教えに行くよりほかには他校へ出ることはできなかった。こんなわけで、私には女子大や英学塾や女高師の卒業生のような有資格者と張り合う気持ちもなかった。

［中略］

前掲紙

早稲田の英文科出の男性教師とは雨宮敬作《あめみやけいさく》のこと。当時早稲田は東京専門学校と言い、歴英科出身で、記録では一九二〇（大正九）年に教頭になっている。花子がいたころ教頭ではなかったが、その後、度々山梨英和を訪れているので、教頭職が長かった雨宮敬作について自分のいた時も教頭と思っていたのだろう。

このころ、キリスト教系学校の多くは深刻な問題に直面した。文部省はミッションスクールの隆盛を恐れて宗教教育を辞めさせる文部省訓令を出した。それを無視すると「上級学校進学権」と「兵役免除権」をもらえなかった。宗教教育を捨てなかった東洋英和女学校、静岡英和女学校、山梨英和女学校他は戦後の一九四七（昭和二二）年の学制改革まで女学校と名乗りながら「各種学校」に甘んじていた。生徒は女学校の高等科を卒業しても正式な教員免許はもらえなかったので、実力次第でカナダミッション系英和の三校に教員として採用された。それで花子は「私には女子大や英学塾や女高師の卒業生のような有資格者と張り合う気持ちもなかった」と書いた。また資格がないことや給費生はどこかで働くことが義務づけられていたのも、山梨英和に来た理由であった。

おもいでをもう一つ。ジャーナリズムと私とはいつも切れない関係だが、そもそも私の名が初めて新聞に出たのもこの時代である。それも社会面のニュースとして。

市内目抜きの場所で私が自転車にぶつかって軽いケガをしたニュースが、山梨日日に出た。新聞に最初に名が出た場所が甲府であり、それから私の処女出版『爐邉《ろへん》』も山梨英和で教えていたあいだである。

前掲紙

甲府で自転車は明治二〇年代から盛んに乗られていて、貸し自転車屋も盛んになった時代であった。

東京女子大学の創設

「大正六年」という時代のことを思い出して、随筆「えんぴつ売り」で、東京女子大が設立されたいきさつを書いている。

えんぴつ売り

四、五日前のことであった。朝、床の中から手を伸ばしてラジオのスイッチを入れたらＮＨＫの第二放送だった。斎藤百合子という盲人の伝記を話していた。貧しい家に生れ、幼いときにあんまを習うようにされたのを、どうしても学問をしたく、さまざまの苦難を経て、とうとう高等女学校の課程まで修めた。むろん戦前の高等女学校だから程度は高かった。結婚をして「斎藤」になったので、それ以前何という姓だったか聞きもらした。

私の眠気を吹きとばして放送に聞き入らせたのは、彼女が斎藤夫人になってからの苦難の道の物語であった。「大正六年東京女子大学が開設されると、百合子さんはどうしても大学教育を受けようと決心し、夫の許しを得て大学生となった」という一節が私の注意を強く惹きつけた。今まで考えたこともない「私と大学」という問題がしきりに頭の中を往来している昨今である。

［中略］

私の卒業論文は「日本婦人の過去、現在と将来」と題したドえらい英文だったが、その最後のほうに、「いつの日にか、私たちが夢みているキリスト教女子大学も現実《リアリティ》となるであろう」とあり、更に、テニスンの「イン・メモリアム」からの一句、

「古き制度は変わりゆく新しきものに場所をゆずりつつ」を以て結びとした。

私たち東洋英和の生徒も青山女学院も女子学院の生徒も外人教師たちも東京女子大学の創設には大きな夢をかけた。つまり教師たちの熱心が生徒にのり移った形であろう。私たちは大学創立の資金の一助にもと、外人教師たちといっしょにたくさんのえんぴつを売った。卒業論文の中にまでキリスト教女子大学への夢が出るほど熱心だった私が、どうしてそこへ入学することを考えなかったのか、今まで一度も考えたことのないこれを「斎藤百合子」という盲女性が既に結婚している身で、入学を志し見事に卒業したということを、最近聞いて、忽然として思い至ったのである。東洋英和の高等科を出て姉妹校の山梨英和で英語を教えながらカナダ人の校長の秘書をしていたのが大正六年の私であった。

東京では半盲の斎藤氏に嫁した全盲の百合子さんが、その時東京女子大学で必死の勉学をしていられたのである。今になってこのことを知り、自分にもわけのわからない不思議な気持がする。二人の女性が東京と山梨、所をへだてて同じ時代を生きたのだが、一方は大学創立を知って万難を排してそこに学び、一方はその前からえんぴつ売りまでして幾分の資金作りの助けをしながら、入学などということを考えもしなかったとは、いかにも不思議に思えてならない。

つい数日前まではそんなことは考えもしなかったのだが、あの放送で「大正六年」と聞いたとたんに、突然その当時が思いおこされ奇妙な感じにとらえられた。

［後略］

（一九六六［昭和四一］年八月）

『生きるということ』あすなろ書房、一九六九（昭和四四）年

東京女子大学創設は一九一七（大正六）年で、花子が山梨英和教職時代だ。東洋英和や女子学院、青山学

『同窓会報』裏表紙に1920（大正9）年以降、「文部大臣指定山梨英和女学校」と印刷するようになった

院女子の高等科をまとめて東京女子大学になった。

初代理事長は花子の恩師ブラックモア、初代学長は一九一七（大正六）年の山梨英和卒業講演者新渡戸稲《にとべいな》造《ぞう》であった。新渡戸稲造は数回山梨英和女学校に講演に来ている。花子の教員時代の一九一七（大正六）年の卒業記念写真中に二人とも写っている（七六頁写真）。

花子が教員時代、山梨英和では、文部省から派遣された役人が学校全体の学力試験を行い、一九一九（大正八）年からの卒業生は（内実は宗教教育を行っているので「各種学校」だが）、学力面では「文部大臣指定校」として「上級学校進学権」をもらった。その結果、東京女子大学やその他の大学にも進学できるようになり、進学・卒業したら正式な教員免許がとれるようになった。

東京帝国大学でも一九二〇（大正九）年から、女子の聴講生を認めるようになり、山梨英和を一九二一（大正一〇）年卒業の磯部貞子は聴講生として入学し、一九二六（大正一五）年三月に卒業したと『同窓会報一九二七年』に載っている。

私も戦後、山梨英和に講師として来ていた磯部先生に教えていただいた。

山梨英和では東京女子大学創設後は、東洋英和の高等科に行くような卒業生は東京女子大学にも行くようになった。

＊1　野口山梨日日社長とは野口二郎のこと。野口文子の弟。野口二郎は一九〇〇（明治三三）年三月四日生まれ、一九七六（昭和五一）年一月一八日死亡。実業家、政治家、郷土史研究家。甲府市長（官選第一八代）、山梨日日新聞社社長、山梨放送社長、サンニチ印刷社長、ラジオ山梨社長を歴任。息子英史に社長を譲ってからは各会長職、山梨商工会議所会頭（一九六七―七三年）、山梨文化会館会長（一九七〇―七六年）等を務めた。

＊2　文部省訓令一二号のこと。一八九九（明治三二）年、私立学校令と文部省訓令一二号が出た。明治中期以降、条約改正によって在日外国人の内地雑居が進展するにつれ、外国人経営による私立学校が増加したが、これらの学校には東洋英和や山梨英和のように、ＷＭＳ（カナダメソジスト婦人宣教協会）のような宗教団体を設立母体とするミッションスクールが多く含まれていた。

教育勅語（明治二三年）中心の教育の推進をはかる文部当局には、キリスト教系学校に宗教教育をやめさせようとする意図があった。当時の私立学校は官公立学校に比較して、「官尊民卑《かんそんみんぴ》」と言われるような評価に甘んじていた。教育は国家の重要事業で、私学はその一部を代行しているに過ぎないから厳格な監督が必要であるという文部当局の考えであった。

当初見込まれていたキリスト教系学校の排除は、私立学校令と同時に公布され、文部省訓令一二号は「宗教教育禁止令」と言われた法律で、普通学校としては宗教教育が継続不可能となった。

宗教教育を続けると、「上級学校進学権」と「兵役免除権」ももらえなくなった。特に男子校には打撃であった。東洋英和の男子校は「麻布中学校」（現・麻布中学高等学校）と名を変えて宗教教育を行わない学校として生きのびた。立教や青山は寮で宗教教育を行った。

3　大正時代の「かふふ」と山梨英和女学校

甲府は甲斐の府中の意である。甲府駅近くに城跡が残る甲府城は、武田家のものでなく（信玄は城をつくらず）、秀吉がつくらせた城であり、江戸時代には家康が天領（二〇年間以外は幕府直轄地）としたので、勤番《きんばん》が江戸の文化をもたらした。山国にあって文化の香り高い甲府と言われた。

甲府の発展と山梨英和女学校の創立

甲府の市制施行は山梨英和女学校創立と同じ年であった。

一八八九（明治二二）年七月一日、甲府に市制が施行された。全国では三四番目、関東では四番目の市の誕生であった。人口は三万一一二八人で、世帯数は六八五五戸だった。総面積は七・九七平方キロメートル。その後、合併が四回あり、二〇〇六（平成一八）年の中道町《なかみちまち》と上九一色村《かみくいしきむら》との平成の合併は五回目。市制施行当時と比べると、人口は約六・五倍、面積は二六倍以上となった。人口は一九八五（昭和六〇）年一〇月の国勢調査で二〇万二四〇五人、この時が人口のピークであった。

二〇一五（平成二七）年の国勢調査では人口一九万三一二五人で、全国四七都道府県の県庁所在地で最下位。最新の二〇二〇（令和二）年は人口一八万七〇〇七人で、減少する一方の現状である（二〇二〇年一一月

1907(明治40)年、愛宕山の麓に新築された校舎

一日現在、外国人住民を含む)。

なお、花子が甲府の山梨英和女学校に就職した一九一四(大正三)年の甲府の人口は五万三七五六人、五年後に甲府を去った時は五万八四五三人であった。

山梨英和女学校の校舎は太田町《おおたまち》、百石町の後、一九〇七(明治四〇)年愛宕山《あたごやま》の麓の現在地に新築移転され、落成式が一月一九日行われた。当時の校長ロバートソンは聖書から「あなたがたは世の光、山の上の町は隠れることができない」と述べ祝った。

愛宕山は標高四二三メートル、甲府生まれであればなじみのある山である。この山上では一九七二(明治五)年から一九三六(昭和一一)年までお昼になると正午を知らせるドン(空砲)が鳴っていた。土曜日が半日勤務だったり、半日授業の時、甲府の人は半ドン(つまりドンが鳴ると勤務終わり)と言った(全国的な半ドンはオランダ語の休日ドンタクの半分という意味か)。花子のころも山梨英和の愛宕山の上で、ドンは鳴っていたはず。

中央線は一九〇三（明治三六）年に甲府・韮崎《にらさき》までが開通した。その一四年ほど前、山梨英和女学校が創立されたころは、まず立川、続いて八王子までは汽車が通じるようになったが、八王子から甲府までは歩くか馬車しかなかった。それも幾つか山越えで。ただ、中央線が通じても乗る人は少なかったので、盆、暮れ以外は駅前も閑散としていた。

甲府駅のホームにある表示は「かふふ」と歴史的かな遣いで書いてあった（大正六年国土地理院の地図でも）。「蝶々《ちょうちょう》」が「てふてふ」の時代だ。花子もこの「かふふ」を見て東京へ帰って行った（甲府で生まれ、五歳の時東京品川へ引っ越した）のだろう。

東京までは長い笹子《ささご》トンネルや途中の大月を過ぎると短い幾つものトンネルを抜けてやっと八王子に着く。それは今も変わらない。

所要時間は現在特急で一時間半、当時は五、六時間ほどかかった。石炭を焚く蒸気機関車が用いられていたので、花子も書いているように石炭のススでトンネルに入ると顔や鼻の中は真っ黒になった。勝沼駅、笹子駅など幾つかの駅は何度もスイッチバック（引き込み線）で駅に入るような傾斜地を通っていた。時間と手間がかかる運行であった。

学校に近い甲府駅北口は当時はなかった。北口が開いたのは戦後であった。

花子は山梨英和女学校から甲府駅へ行くのに三念坂《さんねんざか》を下りて、できたばかりの「甲鐵天然葡萄酒」醸造会社（現・サドヤ・ワイナリー）の前を通って、すぐ曲がってから踏切を渡り、江戸時代の甲府城跡の堀を埋め立てた道、つまり中央線線路脇の道を通って行ったと思われる（一八頁の地図参照）。

汽車の中

秋晴れの日曜日、中央線の朝の二等車は朗らかな乗客で一杯だ。
子供連《づ》れの紳士たちが手に手に籠《かご》をさげていたのは、甲州葡萄の産地勝沼でどやどやと下車したので、葡萄摘みの行楽と知れた。選挙粛正にからまる思い違いや、行きちがいの笑いばなしを隣の座席の人々がさかんに披露しあっているのが、自然にこっちにも聞こえてきて吹き出したくなる。

「ゆうべの中央公論社の五十周年祝賀会は、大したもんだったよ、君《きみ》。芝居も五日目ぐらいのところを買《かい》切るのは、相当高いんだっていうじゃないか。何にしても、偉いもんだったね」と、頻《しきり》に中央公論社を褒め立てている人もある。こちらもゆうべ招かれて行っていたので、「この紳士もあそこにいたのかな」と、ちょっと面白い気持がした。次官級ともいうべきでっぷりした紳士は、代議士何々氏であることに思い当る顔だった。

どっちを向いても淋しいことや、不如意なことなんか久しく経験しないような顔つきの人たちばかりだ。「勝沼組」が下車したあとは大分静かになった。

「今日はどの辺までお出かけですか?」

乗ってから気がついたらしい懇意同士がこんな会話をしている。

「この先の×××まで行くんだがね、君、僕の息子があそこへ転地中死んでね。遺稿をまとめて一周忌までに出そうという計画なんだが、何ぶんにも忙しくて、あそこまで出て行く暇が今までなかったのさ。やっとのことで無理をして、きょう一日あけて、取りまとめにやって来たわけなんだ。実際、苦しい旅なんだよ、君《きみ》」

幸福らしいこの紳士、我が世の春に時めいているような風采《ふうさい》のこの人が、こんなつらい旅をしているとは、ちょっと意外だった。「人生は忍苦の旅」だと詩人が言っている。晴れわたった秋空の下の五、六時間の旅でさえも「忍苦の旅」である。一時間、一日、一か月の延長である人生が忍苦の旅であるのはあたりまえだ。

汽車は高原を走って行く。紳士は×××駅でおりた。巨大な彼の後ろ姿を、車中に残った小柄な女はいたわりの眼をもって見るのだった。

『母心随想』時代社、一九四〇（昭和一五）年

私たち山梨県人は中央線で東京から戻るとき、大月で降りる「郡内《ぐんない》」地方の人と、そのまま笹子トンネルを越えて「国中《くになか》」へ帰る人の二組に分かれる。「郡内」は、東部の富士五湖方面のことで、「国中」は山梨の「中西部」つまり甲府盆地（東京二三区くらいの広さ）のことだ。「国中」に帰る人は笹子のトンネルを抜けて汽車が「国中」の甲府盆地に向かって下るときに、夜など盆地の瞬きが見えると「帰ってきた」と感じる。山梨県人にとって勝沼は国中の出入り口。勝沼に下る汽車から見える景色は誰もが故郷に帰ってきたと思うところだ。最近は都内に毎日通勤通学する人もいるが、それでも毎日帰ってきたと思うところだろう。花子は東京と山梨を何度か往復しつつ、私たちが感じるノスタルジーを持っていただろうか。

一八七二（明治五）年、日本の鉄道開業以来、客車には三等級あり、等級ごとに帯色の塗りわけがあった。一九四〇（昭和一五）年までは一等は白、二等は青、三等は赤であった。切符の色もそうであった。大正時代、花子は甲府から東京へは何等車に乗って行っただろうか。まだ若く給料をもらいたてなので、三等切符で往来していたのではないか。切符は一九六〇（昭和三五）年までは三等級制で「汽車の中」の随筆を書い

鉄道馬車。1914（大正3）年ごろ

た一九四〇（昭和一五）年ごろ、花子はラジオでも有名人になっていたので二等車に乗っていたことがわかる。

随筆中の紳士が降りたのは富士見高原のある「富士見駅」ではなかったろうか。戦前は結核にかかる人も多く、富士見には一九二六（大正一五）年設立の富士見高原療養所が設立され、その中に結核療養所があった。転地療養する人も多く、著名人では堀辰雄、竹久夢二（ここで死亡）、横溝正史などが療養した。

幸福そうな紳士の息子はそこで転地療養中に亡くなって、父親である紳士が遺稿集をつくる顛末を車中で語ったことを随筆に書いていると思われる。花子は諏訪か松本までも行ったのだろうか。

花子が生活していた甲府には当時、「馬車鉄道」と言ってレールは敷いてあるが、動力は馬が引くという乗り物が甲府と勝沼間、甲府と鰍沢《かじかざわ》間に走っていた。

甲府市と東山梨郡勝沼町（現・甲州市勝沼町）、南巨摩《こま》郡鰍沢町（現・富士川町）を結んでいて、今のバスのように民営の公共交通機関として走っていた。路面には馬糞が所々に転がっていた。大正当時は「山梨軽便鉄道」

という会社が運営し、山梨馬車鉄道による路線開業は一八九八（明治三一）年四月三日である。

鉄道馬車は中央本線・富士身延鉄道（現・身延線）開通前、甲府周辺唯一の鉄道系交通機関として、また富士川舟運《しゅううん》の陸上連絡輸送手段として重要な役割を果たしていた。

甲府周辺は今でこそ中央本線や中央自動車道が東西を横切り、人や物資はその東西の線を中心軸にこの地域へ入ってくるようになっている。しかし近世以前においては、東西から甲府地域に入るのは極めて困難であり、これらの東西交通路の前身に相当する甲州街道があったが、甲府盆地の東側にそびえ立つ関東山地の山々をまともに山越えしながら進まなくてはならなかった。これでは人や少々の荷物は運搬できても、大量に消費される生活物資など大きな貨物はかさが大きすぎて運ぶことは事実上不可能だった。

そこでこの地域で物資運搬に用いたのが、静岡へ出る富士川の舟運だった。これは河口から船を馬が引き、ひたすら上流へさかのぼり、遡上の限界点である鰍沢河岸で水揚げして荷車で各地へ運ぶもので、距離は長かったが船を使うため重量物を一気に素早く運搬することができる利点があった。江戸時代以降この地域の貨物輸送の標準ルートだった。

明治に入ってもそれは同じことで、山梨に最初に住み着いたキリスト教宣教師のイビー一家もカナダから持ってきた家財道具（子ども用ベッド・洗面机・ピッチャー・お皿など）を船で運んだ。

二〇世紀の声を聞く直前に至っても、富士川舟運はこの地域の貨物輸送の主役だった。時代の趨勢で一九〇三（明治三六）年中央線が甲府、韮崎まで延びると、一九二八（昭和三）年ごろまでには舟運も鉄道馬車も自然に消滅したようだ。静岡へ抜ける道として今は中部横断道が高速道としてできつつある。

甲府へ赴任した花子の時代はまだ鉄道馬車も運行されていて、花子は鉄道馬車に乗って、勝沼（甲府から四里ほど東、乗車賃は三〇銭）などに住む生徒の家に招待されて行ったのだろう。

甲州の故郷の味

ぶどうの房

甲州といえば何といってもぶどうのことを一番さきに思いだす。「思いだす」という程度ではない。いつも「思う」のである。わたしにとっては味のふるさと「甲州ぶどう」というわけである。

［中略］

学校を卒業して母校の姉妹校・山梨英和女学校に三、四年奉職してから我然《〔ママ〕》、わたしのふるさと認識は深まってきたのである。学校は甲府市の北方山の所にあったが、市内は勿論のこと、郡部からたくさんの生徒がきていた。

郡部の人たちは寮にいたのが多かった。その時分は学校といっても、きわめて家庭的で休日には教師たちを生徒が自分の家へ招待することが多かった。時には泊りがけで出かけた。

そんな秋のある日、わたしはある生徒の家へ泊りにいった。それは勝沼であった。勝沼は県下でも有名なブドウの産地である。その頃は今のように山梨県の果樹栽培も多角経営ではなかったからほとんどブドウ一つのようであった。よく話はきいたが夏の末から初秋にかけて台風が襲ってくることがある。せっかく丹精したブドウ棚がめちゃめちゃにこわされてしまうと村の若者も老人もがっかりしてしまってふとんにもぐりこんで起きてこなかったそうである。つまり、一年中の収入をブドウ一つにかけているので、ブドウの季節の天気のよしあしは一大事であった。

わたしが招かれていった秋の休日はその夏中好天気に恵まれてブドウはたいへんによいできであった。家中ではさみを各々に持ってブドウ園へでかけていった。「あらこれがいいわ」「あっ、こっちのほうがふ

大正時代、現・山梨市の雨宮敬作のブドウ園でキラム宣教師と山梨英和女学校の教師たち。中央のブドウを持って座っているのは雨宮敬作の妻・常代

さふさしているわ」などと口々に品定めをしながら、〝チョッキン・チョッキン〟と一房ずつきってはその場でたべるのだ。今考えると洗わなかったのかしらと思うのだが、洗う必要などは誰も考えなかった。秋のブドウは純粋の日本ブドウで粒は大きく、色は薄紫で全体に粉がふいている。その粒がまたきわめて大粒で一房一房がきっちりと生《な》っていた。

口に入れるとトタンに口の中でとけてしまうその美味といったらたとえるものがない。種子は勿論あったけれども、誰も種子をだすことなんか考えない。そばからそばからせっせと一粒ずつむしっては口へ入れる。この美味は、今、こうして考えてもたまらない感じである。そして帰校の際には籠に一杯、新鮮なブドウを詰めて帰る。まさに秋の醍醐味である。

その後広島は勿論のこと甲州でもマスカット栽培が盛んだから、あちこちから送られてくるのだが、わたしにはどうもマスカットやその他の土地のブドウは性にあわない。何といっても甲州の日本ブドウが一番の好物である。
薄紫のブドウにはさまざまの若い歳月の思い出がこもっている。今になってこれを味わうと、遠く過ぎさった若い日の喜びや悲しみがまざまざとよみがえってくる。それらの思い出は主として甲州につながっている。結婚前の若い歳月を女学校教師として過ごしたのが甲府で、いわばわたしの青春は甲府につながるといってもいいだろう。そしてそれと一緒に紫のブドウが必ず浮かんでくる。
［後略］
『生きるということ』あすなろ書房、一九六九（昭和四四）年

葡萄は今も山梨名産だ。昨今「シャインマスカット」が売れ筋で皮ごと食べられて種もないから人気だ。こういう葡萄を花子は喜ぶだろうか。花子の愛でた「甲州ブドウ」は今や山梨特産の白ワインの原料になっている。

コタツの上の美味

私は山梨県甲府市で生まれた。このことをいつも声高く言う。言わないと、山梨県の人々も東京の人たちもそれを知らずに終ってしまう。そのくらい私たち一家の山梨県とのつながりは淡いものである。甲府市内のささやかな町の一隅の小さな商家の家族が東京に永住のため移って行ったことなどは、その市の消長には何のかかわりもないこと……かくて私は学齢前に東京の子になり、小学一年生からずっと東京で勉学した。

［中略］

ところが、ふとしたまわりあわせで、麻布の東洋英和を卒業後、甲府市愛宕町の山梨英和で教えるようになったので、それ以来、私の山梨県への親愛感はとみに深くなった。

故郷のたべものへのおもいでも、あの山梨英和で教えていた頃の寄宿舎の食卓にのぼったものや、生徒の家に招かれて行った折の献立がおもなものになっている。

私の母校の東洋英和も甲府市の山梨英和も、そして静岡市の静岡英和も、カナダ系のミッション・スクールで、三校のうちで東京だけが本科の五年の上さらに高等科（カレッジエート・デパートメントと呼んでいた）の三カ年が設置してあった。東京女子大学はその当初東洋英和や女子学院や青山女学院その他のプロテスタント・キリスト教のミッション・スクールの専門学部を糾合《きゅうごう》して、女子のためのキリスト教主義の大学を創設するという構想のもとに出来たものであった。

東洋英和は山梨や静岡の姉妹校の求めに応じて高等科卒業生の中から英語の教師を送っていた。私が赴任した時も同じ卒業生がもう一人いっしょだった。

行って見れば何となくなつかしい場所であり、町々の名も川の名も聞きおぼえのあるものばかり、私は急速度に土地の人々と親しんだ。土曜日が休みなので、金曜日の夕方から村へ帰って行く寮生にさそわれてはその家へ泊りに行ったことがたびたびあった。秋ならばブドウ、冬の夜は手打ちのホウトウの御馳走。ホウトウというのはうどんと同じ味だが、うどんよりもずっとはば広に打ってあり、みそ汁で煮込んだように憶えているが、久しく食べないので、まちがっているかも知れない。

このごろはどんな山国へ旅行してもまぐろの刺身が食卓に出るが、私が甲府の学校の時分寄宿舎に生徒たちと起臥《きが》を共にしていた頃は、山国の「オサシミ」は鯉ときまっていた。鯉のさしみが食膳にのぼる日は、きまって鯉こくが出た。鯉は何となくどろくさいような気がして私は好まなかった。

寄宿舎で鯉の御馳走が出るのは一年に一度クリスマスの祝宴くらいで、あとの時は「塩引き」が出たら最上ということになっていた。甲府へ行って最初のうち、たべものの話が出ると生徒たちがよく「シオビキ」という名を口にした。

「シオビキ、シオビキ」と私はいくらそれを繰り返してみても何のことだかわからなかったのだが、ある日、一人のチャメ子嬢が飛んで来て、

「先生、今夜はシオビキです」と注進に及んだ。それは塩鮭のことだったのだが、からかったこと、からかったこと！　私にはとても食べ切れなかった。

甲州の家庭では冬になると、コタツの上に四角のおぼんをのせ、それに料理を並べて食事をした。食事どきでなくても、日に何度となくお茶をのんだが、「お茶受け」は菜のつけものだった。

「ああお菜づけだったのか」と、私は驚きもし、ホッともした。

お菜づけでお茶をのむ時は、気取りっけなんかは吹っとんでしまって、俄《にわか》仕込みの「先生」気分なんか鬼に喰われちまえと言った素朴さで、勝手なおしゃべりをした。

コタツの上の大どんぶりにはたくわんが並んでいたこともあったが、いちばん味がよかったのは菜づけだった。

秋のブドウ園は花を眺めるような気持だった。花では食べられないのが、ブドウの房の美しさは先ず視覚で楽しみ、しかる後に十分味覚を満足させることの出来る性格をそなえている。「あなたは東京生まれでしょう?」と訊かれると私は「いいえ甲州人です」と、打消す。その時私の記憶の壁に映し出されるのは、コタツの上のつけもののどんぶりと番茶茶わんである。

伊藤永之介他『ふるさとの料理』中央公論社、一九五五（昭和三〇）年

海のない山梨県に新潟県の、特に鮭の産地村上から入ってきた塩サケのことを昔からシオビキと言った。塩引き鮭（塩引鮭）とは、村上近海でとれた雄鮭の内臓やエラを取り出し、荒塩をすりこんで数日置いて水洗いし、村上地方特有の浜風で寒風干しにして仕上げた鮭で、正月の贈答品に昔はどこの家にも普通にあった。塩辛いがうまみがあり、今の甘口の養殖鮭は口に合わないと言う人もいる。

大正時代の山梨英和女学校

甲府駅（現在の北口）から東へ愛宕山に向かって歩いて一〇分。

花子がいたころの山梨英和女学校は全校生徒数一四五人ほど。卒業生は一九一五（大正四）年から一九一九（大正八）年は毎年一一名から二五名。本科五年で卒業。高等科はなかったので、もっと勉学したい卒業生は東洋英和女学校の高等科に進学した。どの学年にも数名は東洋英和の高等科へ進学する生徒はいた。

一九四五（昭和二〇）年七月六日午後一一時四七分ごろ、愛宕山に照明弾が数発投下され、その後、山の麓の高台にあった山梨英和女学校は焼夷弾で丸焼けになった。夜半の空襲は七夕空襲と呼ばれている。東京の白百合学園初等科の学童が疎開をしていて、その夜も幻灯会（げんとう機で写真を壁や布等に写して見る）をして皆、眠りについたばかりであった。学童は運動場の土手の横穴に掘った防空壕に入って全員無事であった。山梨英和の在校生は夜半なので皆自宅に帰っており、寄宿舎（寮）はもう廃止されていた。

学校は正門の石の門柱と石垣が残ったくらい。そのため、学校内にあった同窓会誌など外部への広報資料

踏切より見た焼け跡。山梨英和はなくなり、バラックも建ちはじめた
（写真集『甲府物語』甲府市より）

も内部成績記録も何も学校には残らなかった。当時はもうＷＭＳから独立させられ、学校法人になり、日本人の校長となった雨宮敬作が現山梨市の七日市場の自宅から歩いて焼けてしまった学校にたどり着き、奉安殿に行ったが、掲げられていた天皇皇后の写真も丸焼けであった（ミッションスクールに対し、宣教師の国外退去、英和から栄和など校名変更、奉安殿設置など、最後はキリスト教教育禁止へと締めつけは厳しかった）。

焼ける前の校舎内への正門入り口（次頁写真上）から花子も出入りしたと思う。正門を挟んで雨天体操場が写っている写真（次頁写真下）があるが、正門右の講堂はメレル・ヴォーリズの設計で一九二五（大正一四）年に完成した。花子の時代にはなく、左の雨天体操場（大正二年）だけであった。

戦前の正門と校舎。右側は1925（大正14）年建築の講堂（ヴォーリズ設計）
石垣や正門の石の門柱は戦災で残った

同窓会寄付による雨天体操場。1913（大正2）年
入口に立っているのは山田弘道か

4　甲府生まれの母、安中家の家族

安中家とキリスト教

村岡花子の母は「てつ」と言い、甲府の人。父逸平《いっぺい》とは甲府のどこで知り合ったのだろうか。当時の甲府の西端　寿　町《ことぶきちょう》にあった母てつの実家の宗派は山梨の身延山を総本山とする日蓮宗であった。そのため、キリスト教徒の逸平とはもめごとが絶えなかった。そのためか、花子が生まれたのは母てつの実家ではなく、甲府の東端にあった和田平町であった。

花子は東洋英和女学校本科のとき、編入してきた柳原燁子《やなぎはらあきこ》と一緒の学年になった。燁子とは年の違う同級生で、燁子はすでに結婚・離婚して戻った境遇であったが、花子はそんなことも知らず仲良くなった。学校の放課後、毎週火曜日に燁子の通う佐々木信綱の主宰する「竹伯会《ちくはくかい》」へ燁子に誘われ一九〇九（明治四二）年に入会する。その時の習作ノートがある。

山梨県立文学館で二〇一四（平成二六）年四月一二日から六月二九日まで催された「村岡花子展　ことばの虹を架ける～山梨からアンの世界へ～」の中に、「短歌明治四二年一二月花子」と記された短歌ノートがあった。展示会の後に出版された『資料と研究』第二〇輯で、館長の三枝昂之氏が次のような解説を述べている。

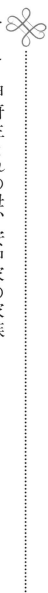

幼い頃、家の床の間に短冊がかかっており、父の逸平が読んで聞かせた和歌を意味もわからないまま花子が耳で覚えた

さざなみや志賀の都はあれにしをむかしながらの山桜かな

平忠度《たいらのただのり》の和歌を来客があると短冊を読み上げ、驚嘆されて、得意にもなったと花子は振り返っている。その体験が五・七・五・七・七のリズムを花子に根づかせ、七歳の大病の際

まだまだと思ひて過ごしおるうちにはや死の道へ向かうものなり

花子七歳。一九〇〇（明治三三）年、辞世と言うべき歌を作った。

三枝昻之「歌人村岡花子を考える」『資料と研究』第二〇輯、山梨県立文学館、二〇一五年

長じて花子が残した詠草「ひなげし」に次のような和歌がある。

甲斐の家　はたちの母がえんがわに手まりつきつつ涙せし家

これなども母の実家との葛藤が感じられる和歌である。

そんな安中家の宗教の問題について、花子は「母の思い出」という随筆に書いている。

母の思い出

［前略］

美しきあゆみなりけり　おん母よ八十《やそ》あまり三《み》とせのいのちの山なみ

私の机の上にかざってある亡き母の写真にこう書いてある。歌というほどのものではない。けれども、八年まえに母が永眠《えいみん》した夜、その顔をながめていて、自然に口に出たものである。やさしい微笑をたたえたこの写真は、地域の婦人会がもよおした敬老会《けいろうかい》に招かれたときに写したものらしい。

みずうみの底の神秘をたたえる
母の笑《え》まいのまえにぬかずく

これも歌とはいえないだろうけれども、あの夜ふけに静かに眠る母の姿をまえにしての思いであった。いつもやさしくほほえんでいた母、彼女は平凡な女性であった。平凡であるゆえに、非凡であったとも思われる。終戦後まもなく父が世を去って以来、大森《おおもり》の私たちの家庭にいっしょに暮らした。近所に住むほかの娘やむすこにかこまれて幸福な晩年《ばんねん》を送ったが、明治の初期に甲府《こうふ》の普通の町家《まちや》に生まれ、進歩的な商人に嫁《か》した母は、まず第一に宗教の問題で苦労した。生まれた家は熱烈な日蓮宗《にちれんしゅう》であり、結婚した夫は、そのころの進歩主義的な青年のある者たちと同じくキリスト教に走った。

こうして母は二つの宗教のあいだにおかれて、実家の両親からはかなり迫害《はくがい》されたらしい。私が学齢《がくれい》に達しないうちに郷里山梨《きょうりやまなし》を出て上京したが、商人には向かぬ父の性格ではずいぶん苦労したことが、私にもわかってきた。しかし彼女はいつもおとなしく、にこやかに、貧乏暮らしの中でよく父のめんどうをみた。

キリスト教の持っている改革精神に共鳴した父はかなり激しい思想をいだいていたのだが、母のやさしい、おだやかな考えかたは、無言《むごん》のうちによく彼をおさえたらしい。

母もキリスト教信者にはなったが、それは父がそうであったから、夫に従うという意味あいからであって、べつだん自分にはっきりした信仰意識はなかったように思われる。だから、父が世俗化した教会にいや気を感じて遠ざかってからは、自然に彼女も教会からはなれた。考えてみると、これと言ってとりあげる特徴もなかったような女性でありながら、また見方によっては、すべてが忍耐《にんたい》と没我《ぼつが》の生活であり、なかなかまねのできないものがある。

私がいまだに忘れないのは、幼い時分《じぶん》に毎晩、眠るまえに聞いた話である。その一つに、あるところに小さい子があって、字がじょうずになりたくてたまらなかったので「どうか手をあげてください」と祈ったところが、手があがったきりさがらなくなったというのがあった。字のじょうずになるのを「手があがる」といったものだが、その子はお祈りだけしてちっとも習字《しゅうじ》をしなかったというのである。不思議に私はこの話を覚えている。こういう教育法を母はとった。こごとをあまり言わない代わりにお話をしてくれたのである。

『京都新聞』一九六二（昭和三七）年五月一二日

村岡花子は母が亡くなった時、お葬式を仏式で行ったと言う。母の晩年は花子が引き取り、面倒をみたの

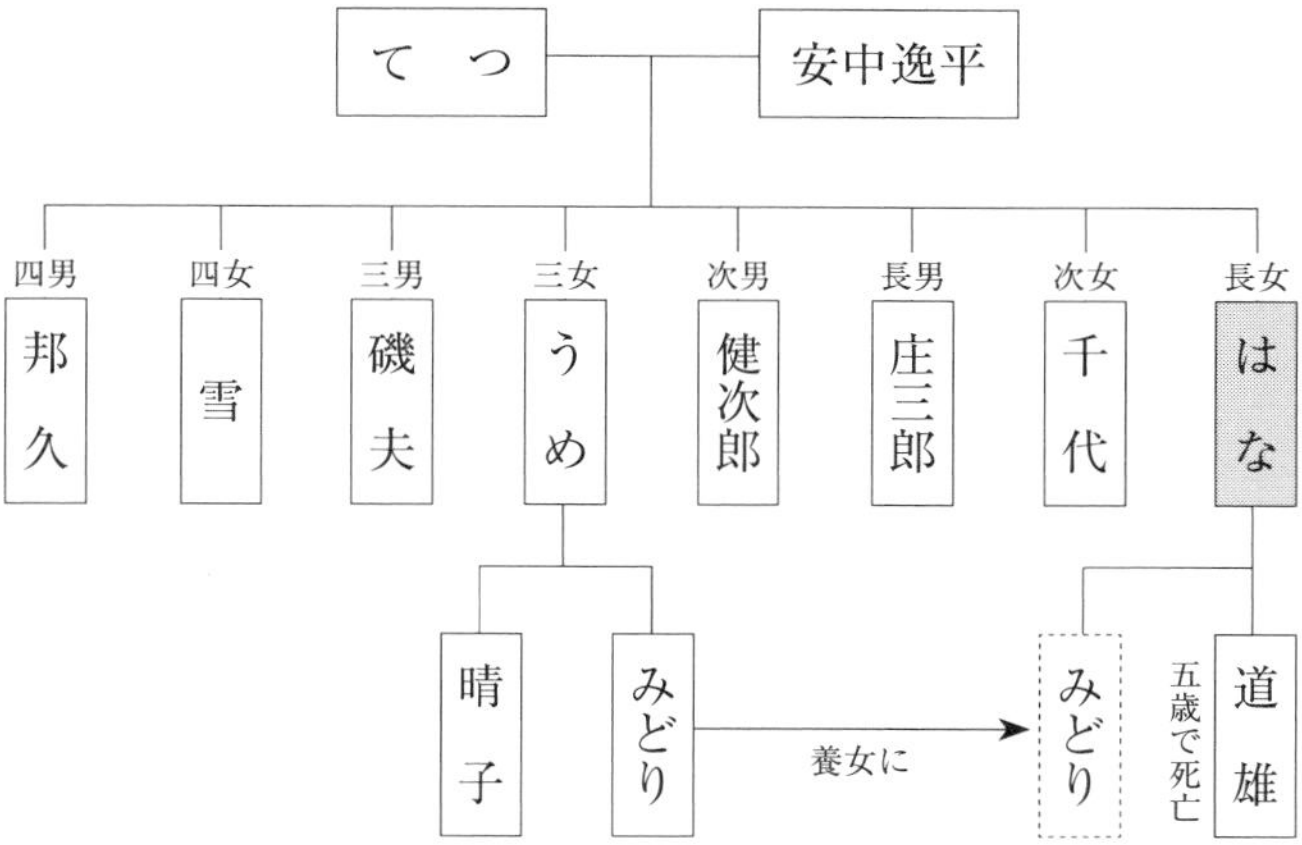

安中家家系図

で、きっと母本人の心の意志は仏教だったと思ったのだ。母の実家は篤い日蓮宗だったので、母がキリスト教徒でも母の心の意志は違うと思ったのだと思う。明治三〇年ごろの『メソジスト甲府教会信徒名簿』（小池郁哉氏蔵）にてつの名は載っていなかった（はなと逸平はあった）。

家族の肖像

花子は八人兄弟姉妹の長女で長子であった。弟、妹たちのなかで、健次郎と花子、庄三郎と千代と花子の写真は残っている。

次男の上田健次郎については山梨日日新聞の山人会によると、甲府中学（現・甲府第一高等学校）の時は安中と呼ばれていたと言う。その後、花子と同じ翻訳家の道をたどった。その翻訳本に『まぬけウィルソンの活躍』（マーク・トウェーン作）などがある。

次女の千代は結婚して、北海道に住んだ。花子は千代が函館大火に遭った際、焼け出された妹のために着物や日常品を送るなどして助けた。早くに北海道に住んだ三女うめも自分の近くに呼び寄せた。うめの長女みどりは花子の長男、疫痢で亡くなった道雄と誕生日が同じ九月一三日だった。後にみどりは花子の養女になった。

長男の庄三郎は花子の六歳下の弟だが、長い間行方不明だった。戦後、一九四七（昭和二二）年父の死後から数か月後、大森の花子の家を突然訪ねてきた。花子はパン工場の職人の仕事を見つけてやったが、庄三郎はそれにもなじめず、酒がないと大声で怒鳴り散らし暴れた。そして、行き倒れのように死んでいた。母には知らせなかったが、薄幸な人生を歩まざるを得なかった弟に花子家族は落ち込んだ（村岡恵理『アンのゆりかご』より）。

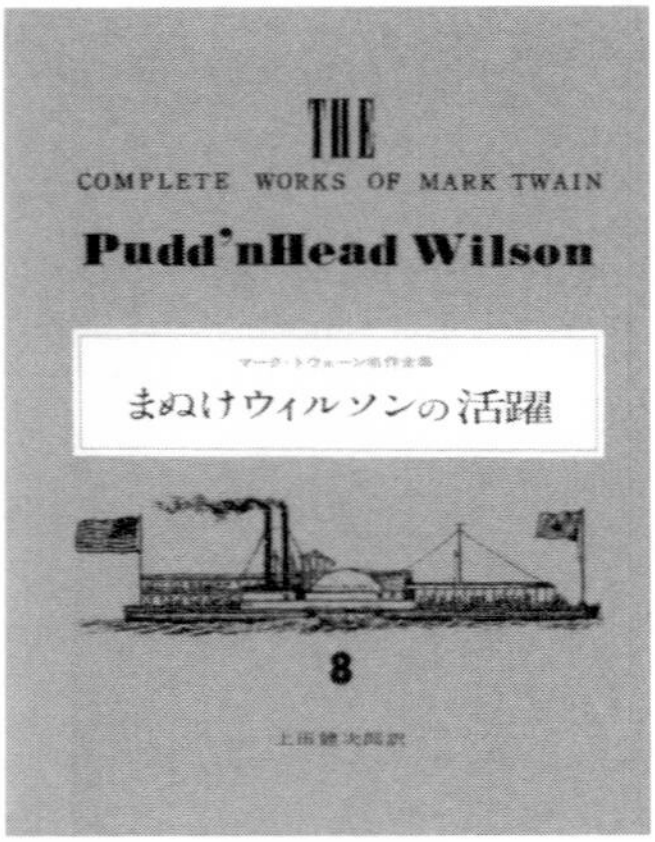

上田健次郎訳
『まぬけウィルソンの活躍』

花子がたびたび言うように、八人の子どものうち高い教育を受けたのは花子だけであった。父逸平はキリスト教の持つ革新性に触れ、静岡（藤枝教会）で洗礼を受けた（静岡バンドと言って、一八七二［明治五］年、カナダメソジスト教会の宣教により静岡教会がつくられ、そのキリスト教徒による集団が生まれ、それをバンドと言った）。

そのメソジスト教会牧師、甲府教会第六代牧師山中笑《えむ》の転任と共に甲府に来て「てつ」と知り合い結婚。一八九五（明治二八）年長子「はな」に洗礼を受けさせる。しかし、母の実家の宗教と対立し、花子五歳の時東京品川に移り、父逸平は茶葉商を営んだ。しかし、生活は苦しく、花子は山梨英和へ就職してからも仕送りを欠かさなかった。

戦中、逸平は妻てつと共に四女の静岡の嫁ぎ先で過ごし、生まれ故郷でもある静岡で一九四七（昭和二二）年死去した。享年八八歳（『アンのゆりかご』より）。

5　甲府の生活

「初めて仕事を持ったころ」という随筆が載っている『随筆サンケイ』は、「特集　巣立の記」のテーマで各界の有名人に寄稿してもらっている。これで花子の山梨英和女学校での月給がいくらだったか、私ははじめて知った。記録というものは大事なものであることが身にしみてわかった。村岡花子は数多くの随筆を書いているが、それが良い記録となっている。

同僚教師・山本琴子

初めて仕事を持ったころ

最近、九州へ旅行した。杵築《きつき》市で、長い昔、母校東洋英和での先輩山本琴子さんに出逢い、実にうれしかった。琴子さんはその昔、楚々たる美人だったが、いまでも遠いあのころを思わせるやさしさをそなえた人であった。

山本さんに思いがけなくも逢ったので、私は長いあいだ忘れていたエピソードを思いだした。結婚前三、四年私は甲府市の山梨英和女学校で英語の教師をした。その学校でたびたび山本先生という名を生徒たちから聞いた。よほどいい先生だったとみえる。

「私はあなたのあとをついで、山梨英和へ行ったんでしたわね」と、老いた山本さんに言うと、彼女は笑って、

「いいえ、私のあとにはちがいないけれど、かなり後のことですよ」と答えられた。

そう言えば、そうかも知れないが、何しろ昔のことで、はっきり記憶がない。

憶えているのは、麻布の母校でかわいがっていただいたことである。

しかし、山本さんに逢ったことから私は奇妙に自分の教師時代を思いだした。

『随筆サンケイ』一九六四（昭和三九）年三月号、産経新聞出版局

山梨英和女学校一九一三（大正二）年卒業写真（次頁）の後列中央に山本琴子先生が写っている。花子は一九一四（大正三）年四月に赴任しているので、一九六四（昭和三九）年の『随筆サンケイ』に載っている花子の「初めて仕事を持ったころ」に書かれている山本琴子先生の記憶は違っている。この写真の翌年（大正三年）には花子は赴任しているのだ。

山本琴子先生は花子と同じ東洋英和の高等科を出て山梨英和に赴任し、花子とは同僚になったが、先輩だった。山本琴子先生もその後、山梨英和を辞めて東京神田錦町にあった「女子青年会（現・YWCA）本部」に勤めていたことが『同窓会報』の「旧教員宿所姓名」に書かれていてわかる。村岡花子も結婚後の住所として、東京大森新井宿西沼と出ている。

『同窓会報』は今では個人情報保護法のために絶対書けない情報が満載。調べる者としては本当に便利な『会報』だ。このような記憶違いなどは毎年分厚い『会報』が出ているので、すぐ調べられる。戦争中、空

山梨英和女学校1913（大正2）年卒業写真。最後列中央・山本琴子

襲で丸焼けになった山梨英和には書類はもとより戦前のものは一切残っていない。だから私は卒業生宅に残っているものを探したり、古書店で買い集めたりしてコツコツ収集した。

そのようにして、村岡（安中）花子の随筆も集めた。私たちは二〇〇四年に大森の村岡花子文庫を訪ねたが、書籍類は空襲で焼けなかったせいか本や史料がたくさん残っていた。

その時にお孫さんの美枝さん、恵理さんにお目にかかった。あれから一七年経ち（現、二〇二一年）村岡花子関係の主なものは花子、みどりさんとその娘さん（美枝さん・恵理さん）の出身校でもある東洋英和女学院に寄付されている。

大正年間のことで、初任給が二十五円だった。それが安いのか高いの

校門外で待つ人力車とロバートソン校長（後列左端）。大正時代

か、月給というものを貰った最初なのでわからない。

［中略］

校長はカナダ人、堂々たる体格のミス・ロバルトソンという婦人だったが、人力に乗ったら車夫が、「ダンナ」と呼んだそうである。非常な敏腕家で、男の教師たちを立派に統御していた。目のやさしい人で、何となく象《ぞう》を連想するような人であった。

思いやりが深くて、苦労や悲しみを語られると、「わたしの心臓痛みます」とまじめな顔で言うのだが、むろん、「私のハートが痛む」という意味なのである。ハートを「しんぞう」と思い込んでいたのだ。「しんぞう」にはちがいないが、抽象的な意味のハートは「心」だと、だれも教えなかったらしい。

私は英語教師と校長秘書を兼ねていたが、なんとしてもはたち代の若さでは、校長の思い込んでいる「ハート即しんぞう」を直す勇気がどうしても出ず、「しんぞう痛みます」と言うたびに、「どうしたらいいだろう」とドギマギするばかりだった。

そのくせ、始終、英語で話していたのだから、何かのついでにちょっとそのまちがいを直しておいてあげればいいのだが、それがどうしてもできない。

山本さんに逢ったとたんに、ミス・ロバルトソンの「しんぞう」を思い出して、申しわけない気がした。

［中略］

前掲誌

ロバートソン校長と舎監神子田とく

当時、大正初めの教員の給料は尋常小学校本科正教員平均が月俸七二円（男）、四九円（女）なので、花子の給与はだいぶ低い。今、初任給二〇万円としてその半分、今の換算で一〇万円くらいと思う。やはり安い。だが、生徒と同じ寮で食事も出たので、家賃と食費を払わないとしたら、まぁまぁかもしれない。

当時、ロバートソンをロバルトソンとドイツ語系読みで言われていたのはご本人の出身の関係でそのように呼ばせていたのだろうか。

花子が象のようと言うロバートソン先生の大柄の写真がある（前頁）。

ロバートソン宣教師は若いころは細く、特に左頬を見せるようにいつも顔を斜めにして写っている。一九〇一（明治三四）年の写真（次頁）で皆が正面を見ているのに、中央で左頬を見せているのがロバートソン校長だ。

当時はやっと自動車が甲府の街に出てきたころ。一般的には人力車を車夫が引くのは現在のタクシーを呼

左頬を見せるロバートソン校長と生徒たち。1901（明治34）年
ロバートソン校長の後列左が三枝たか代

ぶかんじであった。

花子も生徒と共に山梨英和の寮に入っていた。

一九一四（大正三）年、花子が赴任したころは「郡部《ぐんぶ》」の入学生（甲府以外は○○郡という名称だったので「郡部」と言った）や甲府市内からの入学生でも学校内の寮に入った。寮には舎監（寮監を当時舎監と言った）の神子田《みこだ》とく（礼式・挿花・寄宿舎取締）がいた。神子田とくについて花子は「郷土の冬、郷土の人」に神子田女史として、書いている。甲府時代の思い出に、私（花子）は「その人の上を思う度に頭がさがる」と。

郷土の冬、郷土の人

［前略］
丘をうしろにしたあの学校にその時分舎監として活躍された神子田《みこだ》女史、私はその人の上を思う度に頭がさがるのである。
歯切れのいい言葉で、てきぱきと寄宿生に

指図をしておられた様子がきのうのことのように記憶に鮮やかである。

甲府の冬は寒い。お正月の休を東京の家で過ごして帰任する若い教師たちには、一月から二月にかけての寄宿舎生活は苦闘であった。女教師たちは大部分東京下りの人々だから、山国の冬には生徒たちほどの我慢が利かなかった。

その私たちを神子田先生はお部屋へ招いてはお餅を焼いて下さったり、あたたかい飲物を作って下さったりしては慰労して下さった。生徒の前では勿体ぶった顔をしていても、まだ学校を出たての若い教師たちは、こんなやさしいもてなしに逢うとすっかり甘えた気分になって、何やかやと他愛ない話題で、女史の耳を賑わした。

こんなふうに打解けて、かなりの我儘をも私どもだけの間では許していて下さった女史だけれども、一旦、生徒らの事柄になって来ると、決して私ども教師の勝手はさせなかった。つまり、公私混淆を絶対にしないのだった。女学校の若い教師などという者は、自分がそれを遠い過去のこととして考えて見るとまだまだ子供のようなところがあって、ともすれば責任をのがれたがることが多かった。そんな場合、神子田先生は決して私どもにそのなまけ心を発揮させなかった。こうは言っても、無理強いをしたり、又、仮りにも生徒の前で教師の立場をわるく見せたりするような下手なことはなさらない。けれども、私たちはどうしても神子田女史に対して、そんなことは出来ないと自戒自粛するのだった。そのような無言の力を持っておられた。

［中略］

その神子田女史（今はほんとうに老女史である）は私の郷土甲府の町の丘の下の家に静かな日々を過ごしている。視力が極度に弱って殆ど何も見えない。あれほど好きであった読書も全く出来ないし、外出も自由ではない。私は甲府へ行く度に、どんなに忙しい旅行の時でも必ず老女史を訪ずれることにしている。私の訪問をことのほか喜んで下さるけれど、実は私の方こそ言葉に尽せない恩恵を摂取して帰るのだ。同窓会の人々の心づくしに感謝し、日々夜々を一言の不平も言わず、静かに暮していられる女史の姿には神々しさがある。「お国のために祈り、卒業生や女学校の新旧職員のために祈るのが私の日課です」と言われる老女史。

私も亦《また》、老女史の祈りに依って守られる「旧職員」の一人であることに、無上の喜びを感じている。

『母心抄』西村書店、一九四二（昭和一七）年

随筆集『心の饗宴』のなかで、一九四〇（昭和一五）年五月に書いた「甲斐路にて」にM女史として神子田とくのことを書いている。後の村岡儆三との恋愛・結婚になった因縁のつながりに、びっくりし、人生ってこんなこともあるのか、驚きのエピソードだ。

甲斐路にて

［前略］

昔むかし、私はこの市内の或る女学校で教えていたことがあった。

卒業証書を握った儘で駆け込んで来たようなほやほやの若い教師を、寄宿舎の舎監M女史は、親身に面倒を見て下さった。女史のきめのこまかい顔は白粉つけなしでもまっしろだった。綺麗な髪の毛をおくれ毛一本落ちないように結い上げて、袴ははかず、帯をお太鼓にきちんと結んで、舎内の隅々まで見

廻っては監督していた姿を今でも思い起す。

そのM女史は強度の近眼であったが、それが昂じてか、今は殆ど視力を失っているので、寄宿舎の仕事からは引退して、学校の敷地の一隅に小じんまりした家を建てて静かに住んでいる。安らかな老境の美しさのみなぎった生活を楽しんでいるのである。

この前の欧州大戦の時に三十歳に満たぬ若さで戦没した詩人ルウパート・ブルックが祖国のために生命を捧げる若人の心境を謳って、凡《すべ》てを捨てて惜しまぬということを言っている。「凡て」と言う中には、「青春の歓楽」があり、「子孫をとおして自己の生命を永遠に生かし得る結婚生活」があり、更にまた「老境の憩い」があった。彼はこれらの人生の愉楽を挙げた後、自分は喜んでこの凡てを祖国に捧げる。捧げるものの貴さを知り抜いていて、而《しか》もいささかの執着もなく、それらのものを擲《なげう》って惜しまないと謳っているが、その詩の中でも、「老境の憩い」については、「たやすくは得がたい安らかな老境」という表現をしている。

若いころの神子田とく

私はいつもあわただしい甲府への旅の都度、ほんの数分間を割いては、昔の舎監の老女史の閑居を訪れるのだが、この人は幸いな人だと思わずにはいられない。

生きている限り、老年は誰の上にも忍び寄って来る。然《しか》しながら、安らかな憩いを楽しみ得る老年というものはブルックが言ったとおり「たやすくは得がたい」幸福であろう。それは唯物質に不足しない富んだ生活の意味ではなく、心に平和をたたえた、解脱《げだつ》の生活であり、さまざまの人生修業の後にはじめて体得するものである。M女史はその三昧境《さんまいきょう》に達していると私は思われる。

おもいでは遠い昔の春に飛ぶ。

M女史が元気で寄宿舎を監督していた時分のことである。或る日、一通の手紙を持って私は女史の部屋へ行った。

「東京のK女史からの手紙なんですが、横浜のF印刷会社の社長〔福音印刷株式会社・村岡平吉〕の息子さんが銀座の支店のほうで働いている関係上、東京で家を持ちたいけれど、まだ独身なのでだれか年取った方に家のこと万端をとりしきって貰いたいけれど、そちらに適当な人はないでしょうかって訊いて来たんですけれど、先生のお姉さまはどうでしょう？　F印刷会社の社長なら有名な立志伝中の人物のような人ですから、息子さん〔村岡儆三〕だって相当ものわかりはいいだろうと思いますけど……」と。私は手紙の内容を説明した。

M女史の姉に当る人はさまざまの浮き沈みに遇った後の身をその頃妹さんのところへ寄せていた。まだ女学生の殻が取れ切れないような、俄《にわ》か仕立の教師〔花子〕からの提案では、おふたりとも心許なかったのかどうか知らないけれどもそのことはその場限りの話で終り社長の息子は東京でだれか適任者を探したようだったが、M女史の姉なる人も、東京のK女史（女史が主宰していた雑誌の印刷をF会社の東京支店でやっていたのだそうだ）も今は世に亡き人々である。そうして、不思議な運命のまわりあわせはそれから何年かの後の私をその「息子さん」なる人の妻として、当時はまだ東京の郊外であった大森の或る一軒の家の主婦にしていたのである。

ロバートソン帰国前の送別会記念写真。神子田ハウスの前で。1928（昭和3）年
前列右端・広瀬八十路、同2人目・神子田とく、後列中央・ロバートソン

（昭和十五年五月）

『心の饗宴』時代社、一九四一（昭和一六）年

神子田とくは一八七一（明治四）年生まれで、山梨英和女学校には一八九一（明治二四）年舎監で就任し、三八年勤め、一九二九（昭和四）年退任した。その時、同窓会は生涯独身で帰る家もなかった神子田とくに学校の敷地内に家をプレゼントした。

また、同窓会は謝恩送別会の募金も呼びかけ、一口一円（今の三〇〇〇円位か）ずつ「何口でもとい う呼びかけに一五九人応募があり、五四四円（今の四七万七〇〇〇円位か）を集めた。これは『同窓会報一九三〇年』に載っている。

宣教師を送った団体（WMS）を間近に見ていた生徒たちには寄付文化が根づいていたのではないだろうか。良い意味での同窓会の活動が生き、その呼びかけに応える純粋さがあった。

神子田とくは若い時は近眼だったが、晩年は全く見えないようで、同窓会と女の先生方から贈られたラジオを聞くことを楽しんでいたようだ。

「神子田とくへのラジオプレゼント」に感謝の一言

静かな春が又訪れて参りました。私は絶えず同窓の方々のことを考えておりますが、校庭のモクレン、こぶしの咲三月、卒業式前後には、なおさらこの感を深くし、いにしえのこと又新しく学校を去られたお一人お一人に想いを馳《は》せます。

私が職を辞してからもう丸五年。学校の一隅でそれ以来もの静かに日を過ごしております。日毎、日毎に成長の激しい若い生徒さんに接していますと、自分もその力強い動きの中の一人のような気がして、五カ年を経過したなど少しも思えない若い気持ちでおります。

その間学校を離れて唯一人の生活であるならばどれほど寂しいか、此処にいるために何時までも楽しく居られることは、どれほど幸せなことか知れません。

又時折母校をお訪ね下さる同窓の方々が、私の宅まで歩みをお運び下さって、その安否を問いつつ、問われつつ物語る折りの与えられることをも感謝しております。このように健康を害して、外出の不自由な私の生活は外からいつも湿《しめ》されております。

そればかりでなく、このころはラジオによって、一層楽しい日を過ごしております。そのため殆ど無《ぶ》聊《りょう》を覚えません。昨年の夏、学校の女の先生全部と同窓生の有志の方々からとしてラジオが贈られました。添え手紙に「徒然をおまぎらし下さいますように」とございましたときは、どんなに嬉しかったか知れません。視力の弱るのを恐れて、新聞を止めてしまってからは、是非ラジオを欲しいと願っていました。

でもそれは到底叶えられる願いでないと考えていました。それが目の前にラジオをいただいてそれを眺めたときにはどんなに驚いたか知れませんでした。考えてみれば自分には大きすぎる贈り物。私一人でお受けする筈でないとご辞退も一度はしてみましたが、是非とのことでしたので感謝の中に皆様のご親切の現れを頂くことに致しました。

冬の日、雨の日、さてはこのころのように麗《うら》らかな春の日にスイッチさえ押せば、好きな音楽が、演芸が、又はニュースが耳にと流れ込んできます。そして、座しながらに、世界の流れを汲み取ることができます。こうして一晩又はひとときを楽しんで、スイッチを押すともう一度これを贈ってくださった方々のご厚意が胸に蘇ってきます。ほんとに有り難うございました。お一人お一人にお便りするはずですが、誌上のご挨拶をお礼にかえます。どうぞお健やかでお励みくださいませ。折がお有りの時どうぞラジオを聴きにいらしてくださいませ。

悲しみの日に、喜びの折に同窓の方々のすべての想いが山のこの学舎にかえりますようにと願いつつペンを置きます。　神子田とく

山梨英和女学校『同窓会報』一九三四（昭和九）年

一九三三（昭和八）年、学校内にあった寮は交通の便も良くなり、廃止された。

6　甲府教会

花子の受洗教会

当時、ミッションスクールは土曜日がお休みで、日曜日は全員で教会に行った。学校から一五分くらいのところにあった甲府教会まで、全員で歩いて行った。

一九一七（大正六）年、当時の地図（一八頁）で見ると江戸時代の甲府城跡に一九〇七（明治四〇）年の大水害で被害を受けた山梨県に皇室の山林を下賜されたことによる記念碑、謝恩塔が花子の任期中、建設途中であった。仕上がりは一九二二（大正一一）年であり、今もある。城跡の西堀、つまり甲府駅から南にある堀の埋め立ては一九二八（昭和三）年。城跡内にあった甲府中学も昭和三年に移転したので、大正にいた花子はまだ城内に甲府中学もあり、今は駅前通りになっている堀を見ていたはずである。甲府教会は空襲で焼けた後、戦前のカートメル会館のあった地に移った。山梨英和女学校の位置は変わらない。

花子は生徒と一緒に寮で生活し、ホームシックにかかって泣いている生徒たちを慰めるために旧約聖書の話をしたり、おとぎ話をしたりした。その話し方のうまさに生徒たちは引き込まれ、寂しさも忘れたという。

当時の生徒で、東京帝国大学へ聴講生で行った磯部貞子（大正一〇年卒）が、戦後に出た『栄和同窓通信』に「三十年の昔」と題して書いている（戦時中、英和は「栄和」に変えた。「英」は敵国名に通じるとして、変更を強いられ、戦後、一九五八［昭和三三］年まで使っていた）。

日曜日には教会問答を暗記させられる。担当は安中先生だった。これは皆の苦手だったが、後で面白い話を聞くのが楽しみだ。先生は自作らしい少女向きの話をその度にしてくださった。「それでは今日はここまで」と先生が話を終わろうとすると「もっとして、もっとして」とみな大声でせがむのだった。

当時、教会の日曜学校で小学生だった金澤香子は花子に教わっていた。山梨英和女学校に入って一九三〇（昭和五）年の卒業生。日曜学校での思い出を『同窓会報一九二九年』に書いている。

花子は憧れの先生だったようである。

安中先生！安中先生は私が日曜学校で教わった先生である。私にとっては最も懐かしい先生である。安中先生ほど真面目なそして愉快な先生は外にあまりなかろうと思う。

少なくとも私が知っている範囲に於いては一人も無いと断言する事が出来る。お風邪を召そうが頭痛がなさろうが、たとえあらしの日でも決してお休みにならない、遅刻もなさらない。薬びんを下げて門をお入りになった事を今でも私は覚えている。私達のクラスが同学年中で一番成績の良かったのも全く先生のお陰だったろう。

私は何時も先生を思い出しては感謝する。先生はまた真面目な顔をしてよく滑稽を仰るのだから尚一層面白い。先生は私を大変かわいがって面倒をよく見てくださった。私も先生が大好きだった。

花子が二歳で洗礼を受けた甲府教会は「蔵造り」の教会だった。一九一六（大正五）年に新築された甲府教会はモダンなつくりで花子が生徒を引率して行ったのはこの教会。当時は目立っていたようだ。皆、空襲で焼かれた。

1891（明治24）年建築の蔵造りの甲府教会

1916（大正5）年建築の甲府教会

7 ミッションスクール

山梨英和女学校の初期の宣教師たちと創立

キリスト教主義教育をする学校はミッションスクールと呼ばれ、ミッションの教育をすすめたのが宣教師たちである。

Woman's Missionary Society of M. C. of Canada（カナダメソジスト教会婦人宣教協会）は、一八八一年一一月八日に「ＷＭＳ」としてカナダで設立された。ＷＭＳとは、ミッションスクールを支えた会社の略称である。マーサ・カートメル（Martha Julia Cartmell, 1845.12.14-1945.3.1）はＷＭＳの日本派遣婦人宣教師に志願し、一八八二年横浜に上陸した。そして、ＷＭＳは一八八四（明治一七）年麻布鳥居坂に土地を買った。しかし、外国人は土地が買えないため、日本人の名義人に買ってもらった。その一人が花子二歳の時、洗礼を授けた甲府教会牧師の小林光泰だった。東洋英和学校は男女別々の学校をつくった。カートメルは女学校の初代校長になった。

山梨英和の創設は東洋英和より遅れること五年（静岡英和は一八八七［明治二〇］年創立）、一八八九（明治二二）年、新海《しんかい》栄太郎・宮腰信次郎ら甲府教会の若者たちが県下に寄付を募って女学校をつくろうと呼びかけ、毎日その寄付者名や金額を『山梨日日新聞』の広告に載せて、資金を集め、創立した。そして、教育を担う教員派遣をＷＭＳに頼んだ。やって来たのが二五歳のウィントミュート（Sarah Agnes Wintemute, 1864.9.9-1945.6）で、初代校長になった。太田町の借家で開校し、三年後に今の駅前平和通りＮＴＴドコモの西側に五〇〇円で七三〇坪の土地を新海たちが買い、ＷＭＳが新築してくれた。これが、旧百石町校舎だ。

宣教師の給料は戦後、山梨英和最後の宣教師ロジャースまで、すべてＷＭＳが担ってきた。

今の愛宕町へ移って（一〇〇〇坪を購入）新築した時もＷＭＳがカナダで集めた寄付金でまかなった。一九〇七（明治四〇）年一月愛宕町校舎の落成式の時、ロバートソン（Mary Ada Robertoson, 1861.9.25-1950.7.29）は通算一七年、校長職を担い、自分名義の軽井沢の山荘（今は日本人の所有）を売って学校に寄付し、休暇でカナダへ帰っている折も寄付金集めに奔走した（ＷＭＳの資金はすべてカナダ人の献金・寄付金）。

校舎が愛宕町に移るまで山梨英和女学校が一五年間建っていた百石町校舎の跡地に、甲府に派遣されたカートメルが、一九一四（大正三）年、自身の名を冠した「カートメル会館」を新海栄太郎らと創設した。そこには「カートメル女塾」（裁縫や事務力を学ぶ）が新設されたほか、すでに創立されていた（明治四四年）「山梨英和幼稚園」が移ってきた。一階が幼稚園、二階が女塾でちょうど花子が就任したころの創立だった。宣教師は山梨英和女学校と両方兼ねる人もいたので、花子も知っていたと思われる。

設立時の山梨県人の寄付金残額は結局奨学金になった。

山梨英和女学校で二代目校長は花子の恩師ブラックモア。やはり山梨英和の教育の路線を敷いて東洋英和に転任していった。

山梨英和の寄宿生は月に一～二度くらいは自宅に帰ることができるが、ほとんどは入学後、家に帰るのは夏休みになってからが多かった。日曜日は寄宿舎から教会へ行くことが当たり前であった。二代校長ブラックモア（Isabella S. Blackmore, 1863.1.7-1942.1.2）は時に厳格に、徹底したキリスト教教育を山梨英和でも推

カートメル会館1階に入った山梨英和幼稚園。カートメル幼稚園とも呼ばれた

進し、キリスト教教育の初期の路線を引いた。四代目ロバートソン時代もその厳しさは同様で、花子の東洋英和での先輩浅川（三枝）たか代が甲府時代の日曜日、どのように生活していたか、一八九三（明治二六）年二月一五日付、二代目校長ブラックモアがカナダ本部へ出した手紙からわかる（「浅川たか代」『山梨英和　礎のときを生きて』二〇〇六年より）。

今日は学校で安息日をご一緒しませんか。

八時三十分にベルが鳴り、教師、生徒、賄婦全員が大教室に集合します。十五分間、讃美歌、使徒信条、英語の主の祈り、聖書日課という順序で朝の礼拝が献げられます。

その後、三クラスの生徒は各々の先生に連れられて教室に戻り、聖書研究です。聡明で熱心なキリスト者である舎監先生〔神子田とく〕が、幼少組に聖書物語つきの初歩のカリキュラムを、住み込み教師の和田さんが、年中組に旧約聖書の最初の部分を、主任教師金子さんが上級組に、さらにその先の部分を教えます。新約聖書は毎日の聖書研究で私が全員に教えます。ところで、クラス別研究が始ってしばらくすると、私はそれぞれのクラスで、生徒達がその日の聖句を暗唱している様子を見て廻わります。皆、日本語と英語で覚えます。三十分がたつと、全員また大教室にもどり、私がその聖句について短い説教をします。(通訳つき）讃美歌を歌い、短かな祈りをもって、私達の日曜学校は終ります。それから十分後に、私達は教会に向かいます。歩いて十五分かかります。帰ってすぐに昼食です。一時から三時迄は休憩時間で、自分の部屋で静かにしていなければなりません。この時間に九人の働き人は、（ミス・プレストンと婦人伝道師と共に）町の数個所で持たれている日曜学校に出かけます。二人の牧師と、舎監と、賄婦に、五人の生徒です。この働きは昨年の十二月に始められたばかりです。それまでは教会の日曜学校がひとつあるばかりでした。……二万五〇〇〇人の町（甲府のこと）で、何百人もの幼い子供達が福音に接する機会もなく放っておかれたのです。これが彼らのはっきりとした校外での最初の活動だと言えるでしょうね。少女達は学校の校長となる年長者と一緒に働きます。四つの学校の出席合計は約一〇〇名です。子供達はみんな生まれて初めて福音の言葉を聞いたのです。

三時半に私は幼少組の生徒の会に出ます。入学以前の生徒たちが知っているものは、キリストの生涯のはじめの部分とか、断片的な物語ぐらいなものです。しかも物語の主要部分は分っているものの、ぼんやりと、時には混乱しさえしているのです。［中略］少女たちは互いに質問を出し合い、この時を何よりも楽しんでいるようです。

四時からは年中組と上級組の集合です。金子さんがクラスの指導者です。［中略］このクラスの間、他の学生達は外に出て運動します。その後、ミス・プレストンと十五分間一緒に英語讃美歌を歌います。

五時三十分に食事です。夕拝は七時から八時まで教室でもたれます。ミス．プレストン、日本人のキリスト者教師、それに私が交代で責任をとります。山中、太田両牧師は仕事が許す限り、夕拝のために来てくれます。

八時には、幼少組の少女達は寝なければなりません。他の組の者も、三十分後には床につき、九時には『グッドナイト』と言って、私達の安息日は終るのです。

山梨英和の歴史をたどる会編『山梨英和　礎のときを生きて』山梨英和中学校・高等学校同窓会、二〇〇六年

生徒や宣教師たちとの交流

花子の教員時代は八代目の校長として再任されていたロバートソンのころ。礼拝をしている大柄なカナダ人校長ロバートソンの隣で、すらすらと通訳をしている小柄な女性。それが生徒たちの憧れの的、のちの村岡花子だった。

花子に憧れた生徒たちは、週末には競って自宅に招待した。花子がほうとうを初めて食べたのも生徒の家だった。山梨英和創立時の最年少入学生雨宮しげの娘・雨宮静子は、花子の在任中の一九一七（大正六）年の卒業生で、花子を自宅に招いた生徒の中の一人でもあった。花子と静子との交流は生涯続いた。当初、「山梨は自分が生まれた土地である」という意識しかなかった花子だが、山梨英和に教師として勤めた五年の間に、思い出深い地となった。

雨宮静子は『同窓会報一九二九年』に次のように記している。

私は大森の村岡先生のお宅へ女中まで一緒にお尋ねした。暑い日だった。御一人子の道雄ちゃんをお

下級生との卒業記念写真での雨宮静子（前列中央）。1917（大正6）年

亡くしになってから初めて御目にかかるので、どんなにかお沈みになっていらっしゃるかと思っていたけれど、お元気がよくて良かった。御仕事へのご精進がどんなにか御力づけしているることだろう。とはいえ、お机のまわりの数々の可愛らしいお写真や、机の下の小さい籠へ、そうと入れてとってお置きになるお形見の玩具を見ては涙なしにはいられなかった。

また、のちには、当時の花子を思い出し、こんなふうにも書いている。

御子様をお亡くしになったお悲しみは、経験のない者には全く想像もつかないほど深刻なものだとおもい、御一人子をお亡くしになった村岡先生のことが、ふと思われた。

村岡先生の御亡くなりになった道雄さんもご在世ならば今年は十九歳におなりになるはずだった。先生にももう半年ばかりおめにかかっていないが、其の内伺って皆様に消息をお伝えする心積もりでいる。なお先生の御宅ではお姪ご様のみどりちゃんを御嬢様として明るく御幸福な御家庭生活を持っていらっしゃる。公人としての先生は私が申し述べるまでも無い。

村岡花子も自分の出版した本の宣伝を兼ねて、『同窓会報一九三八年』で本の取り次ぎを申し出ている。

「村岡花子先生の消息」
甲府の学校を懐かしく思っております。時々雨宮静子さんがお訪ねくださるのですが、ここ暫くはお顔を見せず淋しく存じて居ります。四月末に新潟へ放送に行きました折、久々ぶりで柴田秀子さん、元の飯島秀子さんにお目にかかりまして、ほんとうに嬉しゅうございました。
近刊二種、皆様のお子様方のために。
童話集…「夢の梯子」　定価一円三十銭
同………「桃色のたまご」（送料十銭）
御入用の方は私宛に御申し込み下さいませ
『同窓会報一九三八年』「旧職員消息」より

一九一七（大正六）年の山梨英和女学校卒業写真が残っている。当時の学校は卒業生二一名（写真は卒業生と教員・関係者）、在籍数一四二名の学校だった。写真では、前列の中央がロバートソン校長、校長の右側が卒業講演者の新渡戸稲造、二列目の右端が神子田とく寮舎監、

山梨英和1917（大正6）年卒業写真。新渡戸稲造とともに

四番目が雨宮静子、後列の右端が花子の戸籍名「はな」の名付け親と言われている国語科教員の山田弘道、山田弘道の左前が村岡（安中）花子、後列の左端から二人目がアリス・ストラード（花子と一番親しくした宣教師）である。山梨英和ではストラードと呼んでいた。

村岡花子は甲府時代の同僚アリス・ストラード宣教師については次のように書いている。

忘れ得ぬ人

イギリスのある詩人が、美しい心ばえの少女の死をいたんだ詩を書いている。

その少女は片いなかの人里はなれたところに暮らしているのだが、そのまわりの人々から深く愛されていた。彼女の美しさは空の星のようであった。しかし、それは夕空にただ一つしか、まだ星の見えないときのその一つ星の美しさだといって、詩人はこの少女が世に知られず、ひそやかに成長していることをうたい、そしてその少女がとつぜんに世を去ったことをうれい、私にとっては彼女がこの世にいるのといないのとは実に「大いなるかな、その相違！」と、その詩を結んでいる。

この最後のことば「大いなるかな、その相違！」(Oh the difference to me!) ということばを私は去年の夏から、どのくらい心の中でくりかえしていることだろう。「大いなるかな、その相違！」そのとおりである。たとえ大洋をへだてていても、また彼女が病弱でこちらへふたたび来ることはむずかしくても、私のほうから訪れることはありうるのだ。すくなくとも、手紙のやりとりで、おたがいの生活や、思想を知り合うことはできる。それなのに、彼女は私のしらないまに永久にこの地上から去ってしまった。

戦争がはじまるちょっと前にふるさとのカナダへアリスが帰るまで、私たちは四十年近くもの間、ゆききしていた。大学を出てすぐ音楽と家政の教師としてこの東洋英和へ赴任《ふにん》して来た若い宣教師が、彼女ミス・アリス・ストロザードであった。私たちのクラスは彼女の最初の料理教室の生徒だったが、生徒といい、先生といっても若い私たちは教師も生徒も同じように笑い、遊び、歌い、実に晴れやかな毎日であった。

私は卒業後の一年間、母校で教えた。私が教えたのは日本人ではなくて、アリスやそのほかのカナダ婦人宣教師たちに日本語を教えたのである。ここで私たち二人は立場が入れかわって、生徒が先生になり先生が生徒になった。そしてさらに強い友情のきずなで結ばれるようになったのである。

私が東洋英和の姉妹校である甲府の山梨英和に英語教師として五年を暮らしているところへ、アリスもまたそこの英語と音楽の教授にあたるようになった。そして私はまた英語を教えるかたわら、西洋人教師たちに日本語を教えた。

やがてアリスは同じく東洋英和の姉妹校静岡英和の校長に任命されて、静岡に住んだ。そのころの私は結婚して、ひとりの男の子、道雄の母となった。アント・アリスはせっせとシャツをあみ、くつしたをあみ、手袋をあんで道雄におくってくれた。そして彼の母には、同じような速力で英語の小説がおくられてきた。その当時の新刊や、長いあいだベスト・セラーになっていた、健康で、清潔な、そして実におもしろい本であった。

私が今までに翻訳した書物の中には、アリスからおくられたものがたくさんある。『スウ姉さん』『栗毛のパレアナ』『パレアナの青春』『花咲く家』など［中略］。

いちばん初めにアリスからおしえられた本は『花咲く家』という小説で、その小説にはかわいい六つの男の子がいる。あのころ私たちの『花咲く家』の道雄は五つでわずか三日の病気で永眠した。

一年の休暇でカナダへ帰るアリスを横浜に送ったとき、岩ぺきに立って巨船がしずしずと動くのを見ていた私たち夫妻を道雄は「おかあちゃま、アント・アリスは洋行してえらくなって帰っていらっしゃるねえ」といって笑わせたが、彼女がふたたび日本へもどってきたときには道雄はもう世になかった。そのことを言ってはアリスは泣いた。

終戦になった年の十二月からまたカナダのノバスコシア州の彼女との文通はひんぱんになった。手紙にはいつも私たちの娘「ミドリ」のことが書いてあった。ミドリにもやはり彼女は「アント・アリス」だった。そのアリスは去年の八月心臓病で急死した。私の世界はさびしくなった。「大いなるかな、その相違！」である。

「東光」一九五七（昭和三二）年一二月二五日、東洋英和女学院

私も戦後の校名「山梨英和中学校・高等学校」を卒業して、山梨英和中学校・高等学校で教員をしてきた。生徒時代はグリンバンク宣教師やダグラス宣教師の定年前のころで、もう年をとっておられたが、宣教師らしい、経験を積まれた教育者だった。特にダグラス先生は中学二年の時、担任だった。

グリンバンク先生がＷＭＳを定年で辞められたのは一九五九（昭和三四）年だった。甲府駅の見送りは山のようだった。

私が教員になった時はダグラス先生も定年で去られた後で、最後のＷＭＳの宣教師ロジャース先生の時代。他にＪ（ジェイ）スリーと言って三年限定で来られる人もいる時代だった。彼女らは若く、結婚前の経験として日本にやって来た人が多かった。私も若く、同僚として仲良くなり、今でも交流が続いている。

花子が後に校長になったストラード宣教師をファーストネームでアリスと呼ぶのもうなずける。私もマクファーソンをマクちゃん、日系二世のシブヤ　マチコをマチコ　マチコと呼ぶのも同じかもしれない。生徒時代ではさすがに名前では呼べないし、付き合い方が違う。教員同士であれば生活の中で付き合うので、生徒時代とは違う親しみと、何より同僚であるという一体感がある。花子がアリスと付き合った様子が手に取るようにわかる。

シベリアまわりでパリの恋人に会いに行くマチコを私も横浜埠頭まで見送りに行ったことを思い出した。そのパリの恋人と結婚したマチコは昨年（二〇二〇年）、その夫を亡くした。彼はケンタッキー大学で哲学の教授だった。私の家にも両親をはじめ二人で、また、娘たちも泊まりに来た。家族写真では黒髪のマチコだけが異邦人だった。容姿は日本人でありながら日本語が読めないので、日本の旅は苦労していた。

8 初恋

澤田廉三との出会いと別れ

「彼と彼女」という随筆（八九頁）で「彼」と呼ばれる澤田廉三《さわだれんぞう》は、会う連絡の時「ついでがあるから……」という言葉が口癖で、「彼女」である花子はそれが不満であった。

一九一四（大正三）年、廉三は外交官試験に受かって、一九一七（大正六）年フランスに赴任が決まった。その時はじめてストレートに「会いたい」という言葉が書いてあり、花子は甲府から都合をつけて会いに行ったが、愛の告白もなく取り留めもない会話で別れた。そのあと、花子は銀座を年上の友人（守屋東《あずま》。婦人矯風会の専従職員）と興奮して歩き回り不審がられたと随筆に書いている。

澤田側の評伝では、廉三が恋愛に慣れていないことを畏友《いゆう》に相談していたと書かれている。

花子の「初恋」の相手の澤田廉三は一八八八（明治二一）年一〇月一七日鳥取に生まれ、旧制鳥取中学校から旧制第一高等学校を経て、東京帝国大学法科大学仏法科を卒業した後（二番で卒業。当時点数で後の給料が決まった）外交官試験に首席合格し、外務省に入省した。外務省きってのフランス語・英語の堪能者だった。駐フランス特命全権大使など各国大使や初代国連大使、世界経済調査会議長なども歴任した。戦前は宮内省御用掛を兼務し、昭和天皇の通訳を務め、戦後も元首等の通訳にもあたった。

廉三は一九二二（大正一一）年、三四歳の時、岩崎美喜《みき》（美喜子とも言う）と結婚した。花子との「初恋」の別れから六年経っていた。

美喜は一九〇一（明治三四）年九月一九日、戦前の三菱財閥の創業者・岩崎弥太郎の孫、三代目・岩崎久弥の長女として生まれた。結婚の時、美喜は二一歳であった。それでも婚期が遅れているという時代でもあり、いわゆるお見合い結婚。結婚後、美喜は聖公会の教会に通い、クリスチャンとなる。廉三は鳥取中学時代の一九〇四（明治三七）年三月受洗して、クリスチャンであった。廉三との間には四人の子に恵まれた。

戦後、一九四七（昭和二二）年二月、澤田美喜は列車内で網棚から落ちてきた混血児の遺体の母親と間違われ、混血児救済を決心。苦労の末、混血孤児収容施設「エリザベス・サンダースホーム」（最初に寄付してくれた聖公会会員の名前をホーム名にする）を創設した。混血児ホームの設立は進駐軍や日本政府からも支持されず、経営は窮乏を極めた。聖公会のポール・ラッシュ（アメリカ合衆国ケンタッキー州出身の牧師。戦後の再来日でGHQの仕事や、山梨県北杜市清里の開拓をした）には大いに助けられた。

美喜は二〇〇〇人近くの混血孤児を育て、世界中に養子に出し、ブラジルの原野開拓もした。

澤田廉三と安中花子は、東洋英和近くの麻布教会（現・鳥居坂教会）で知り合い、山梨英和女学校に就職しても付き合っていた。廉三の外交官試験合格で任地フランスへ赴任するにあたって、花子と別れることになる（澤田の妹が東洋英和へ入学したので親代わりに行っていたらしいと片山長正氏談）。

最近刊行された片山長生著『愛郷――外交官澤田廉三の生涯』を読むと、花子側からは見えてこなかった澤田廉三の気持ちと随筆「彼と彼女」の花子の気持ちもよくわかる。

花子は戦後、廉三の妻、美喜との交流も夫婦がらみでしていたようだ。

初恋

〔『愛郷——外交官澤田廉三の生涯』より〕

「ところで廉。安中花子嬢とはどうなってるんだ?」もう数日で寺を去ろうとする夜、水野〔畏友〕が切り出した。

「ついにその話になったか」廉三は何時か水野が切りだすに違いないと覚悟はしていた。

「正直なところ迷っている。試験が済んだら、俺の方から相談に乗って欲しいと迷っていたんだ」

大正二年(一九一三)初夏、廉三は休日の麻布教会(現・鳥居坂教会)で開催された講演会の時、偶然隣の席に座っていた一人の娘と出会った。この春、麻布鳥居坂にある東洋英和女学校高等科を卒業した二十歳の、安中花子である。

瞳がキラキラと輝き、小柄ではあるが凛とした美しさに廉三は惹き付けられた。何とはなしにふと視線が合い、思わず廉三は被っていた学生帽を脱ぎながら軽く会釈した。青春の出会いは意外と他愛ない偶然から始まるものだ。

本郷から麻布まではかなりの距離がある。廉三は、何かにつけて理由を探しては、教会に出かけ始めた。別れ時、約束は交わさなかったが、不思議と出会いの機会が増えていった。

時には、教会の中で、時間が許せば鳥居坂の坂道を歩きながら語らいの時を過ごした。

気が付けば、ガス灯に灯が点る夕暮れ時にさえなることもあった。

「廉三さん、テニソンのアーサー王妃グィネヴィアと、円卓の騎士ランスロットの許されざる恋を知っている?」

「全く知りません。僕は、英語もフランス語も少しはやりますが、詩や文学はからっきし駄目です」

「この物語の翻訳をしたの。親友の部屋で。友達は実は天皇様の従妹で新聞を賑わした柳原燁子（のち白蓮）さんなの。二人で主人公の恋について語り合ったものよ」と、花子は、その一節を英語で諳《そら》んじた。

「なんて素晴らしい発音ですか！」廉三は、話の中身より英語の美しさに感嘆の声を上げた。

「ありがとうございます。多分、廉三さんより年季が入っているからでしょう」と花子の声はなんとも清々しい。

「私の父は、静岡でクリスチャンになって、牧師と共に甲府へ来て、母と結婚したの。私が六歳の時上京しましたの。父は社会主義に影響されていたのかも知れませんが、長女の私を、お金が無いのに英才教育をしようとしたの。お蔭様で私を十歳で東洋英和女学校の給費生として送り込んでくれました」

相も変わらず、別れの時は、「今度は何時？」と、廉三が問わない逢瀬が続いた。

明くる年の三月、廉三が父の葬式を済ませて本郷に帰ったとき、関東の空っ風が自棄《やけ》に身に沁み、廉三は無性に花子に会いたくなった。「そうだ、花さんはまだ山梨には行っていない」廉三は鳥居坂に急いだ。

［中略］

「今日は本当にありがとう。それより、まず就職おめでとうを言わせてください」

「ありがとうございます。幸いなことに山梨英和にお仕事をいただくことができました。我が家は大変貧乏。妹や弟の生活を実は私が支えなければ」

廉三は、「遠くなりますが、まだ会えますね」を口に出そうとしたが、また出せない。「それでは」と、いつもの言葉で別れてしまった。

中学のころ母は「また来週、待っとるけえなあ」と言ってくれたが、花子は「ごきげんよう。さようなら」と、美しい仕草で返してくれるのが当たり前となっていた。

［中略］

廉三は七月、帝大法科を二番で卒業した。父の死という大変つらい経験をしたにもかかわらずの成績だった。早速、誘いの声がかかった。貴族院から書記官として来てくれないかとのこと。一瞬、花子の面影が脳裏に浮かび、「結婚してください！」と言えるぞ？と心が揺らいだ。が、やはり外交官への道を選ぶしかないと貴族院の件は断りを入れた。

この夏、恒例の故郷帰りは、敢えて母に甘えて外交官試験の受験勉強の場を日光に求めて中止した。廉三にはもう一つ、母には内緒の密かな企みがあった。安中花子からの便りに「お陰さまで、学校も夏休みが八月には取れます」と書き添えがあった。

廉三は「受験勉強の資料を求めて、何回かは大学に帰ります」と返事を書いた。父を失った母の傍にいるべきではと、花子への思いが重なって内心「母を裏切ったのではないか」の言葉を心の底に残しながら、結果としては何回か東京で花子との僅かな時を過ごした。

「必ず受かってくださいね」の花子の言葉に応えて「兄貴は五番で受かったと自慢していましたから、絶対にそれ以上で。あ、済みません。こんな言葉卑しいですね」と廉三は応えながら、母への裏切りが赦されるみちを探していた。

「廉三さんは幸せなのね。兄弟でそんなに張り合うことが出来るなんて。我が家は学校をしていただいたのは私だけなの」としみじみと語る花子の言葉が、廉三には切なく響いて揺れ続けた。

大正五年（一九一六）二月の終わり、廉三にフランス大使館に外交官補として赴任の辞令が下りた。

廉三は「よし、専攻したフランス語が活かせるぞ」と心が躍った。

ただ、途端に焦った。水野が「恋愛と結婚は別だ」と言ったけれど、廉三は「ゆっくりと育てて行けば、時が必ず味方してくれるだろう」と安中花子との関係を楽しんでいた。が事態は時を待ってはくれなくなった。さあどうするかだ。

廉三は仕事の後始末、千駄ヶ谷に住んでいた下宿の身辺整理に故郷浦富への挨拶回りも含め渡航の準備と、目の回るような日々を送りながら、ついに決断した。

「この度、フランスに赴任することになりました。多分、数年間になると思います。出航は四月二日です。是非お会いしたくお便りしました」とハガキに書いた。

廉三は一連の書類の処理に忙殺されながら、第一次世界大戦に絡めて展開されるアジアでの植民地争奪の戦いを、外交官の出だしから体験することになった。

「廉三さん。初めて『会いたい』と誘って頂きましたね。年度末の仕事を済ませて、四月一日、四時には千駄ヶ谷駅に着くことが出来ます」と花子からの返事が届いたのが三月二十八日。この日、上司から「送別会を一日の六時からするよ。場所は帝国ホテル。良いね？」「はい」と廉三は答えてしまっていた。

廉三が待つ千駄ヶ谷は駅を出て暫くすると野原や林に満ちている。廉三にとっては中学時代に馴染んだ田舎の風景とさして変わらない。「憧れの安中花子をこの風景と共に独占したい」と、当分の別れの場に選んだ。

列車からホームに降り立った花子は眩し過ぎるほどの成熟した女を感じさせた。

長男誕生のころの澤田廉三と美喜。アルゼンチンで（影山智洋氏提供）

「あら、廉三さん。羽織袴のお姿」

「済みません。今日、六時から帝国ホテルで送別会が突然に用意されたものですから歩きませんか」

四月を迎えた東京の春は爽やかな風の中だった。並んで歩く花子からの馥郁《ふくいく》とした香りが廉三を包んだ。

「廉三さん。『会いたい』と言ってくださったの、初めてだったの御存じ?」

「返事をいただいたハガキで、えっ?そうかな、と初めて気づきました」

「これまでは何時も『ついでに』の前置きがありましたのよ。この人はなんと怜悧《れいり》な人かと。悔しくもあり、悲しくもあり。最後はイライラ」

「それは違います。正直言って、僕は貴女の素晴らしい才能に圧倒され、『高嶺の花』と憧れの思いばかりでした」

「私は貴方とお別れすると、腹立たしくなりましたの。廉三さんは本当に賢い怜悧な人。怜の字がリッシンベンではなくてニスイの人ではないの?と怒りさえ覚えたものです」

「僕は何時まで経っても、田舎者なんだな」

話は行きつ戻りつ、将来を約束できない切なさを行儀よく歩きながら語るしかなかった。別れの時間が容赦なく迫っていた。

「今日は勇を鼓して僕の思いを言わせてください。時が熟すその流れを僕は正直なところ楽しんでいました。今迎えている現実はそうは許してはくれません。赴任先のパリは戦場とかなり近すぎます。予測がつかない状態です」

「もう一つ心配なこともあります。ドイツの潜水艦（Uボート）が地中海のポートサイド付近で日本郵船の八阪丸を水雷攻撃し沈没させるなど先がお約束できない身になりました。待っててくださいと言えない」

「私も、そのお気持ち有難くお受けします。実は私の事情も、妹や弟の為にも働かなければ家が持たないのです」

二人にはもう殆ど時間が与えられていなかった。

［中略］

二人はあわただしく千駄ヶ谷のプラットフォームを走った。さようならを言い忘れたままの別れであった。

片山長生『愛郷――外交官澤田廉三の生涯』「愛郷・澤田廉三」刊行会、二〇二〇年

怜悧の人

一方、花子は戦後になって村岡儆三も亡くなってから出版した遺稿の随筆に自分の気持ちを語っている。

それが本章の冒頭でふれた「彼と彼女」という随筆である。その中で廉三のことを「怜悧」という言葉で表現しているのが印象に残る。

彼と彼女

ひところよく使われた「怜悧」という形容詞、今はあまり使わないようだが、非常に頭脳のさえた人、決して自分を不利な立場に置かない人、そういう利口な人物が彼であった。

恋をしてさえも盲目にはなれない彼であった。たとえば、恋人が夏の旅行に出かけるとき、彼はその出立《しゅったつ》の時間をちゃんと知っていて見送りに来るが、決してわざわざ来たとは言わない。

「ちょっとついでがあったので駅まで廻った」と言う。

彼女のほうでは、彼のこの「ついで」談義にたまらない不愉快さを感じた。

一事が万事で、彼は初めから彼女に出逢う目的が彼女のいる所へ来たと言ったためしがない。

「近所まで用事があったので……」と言う、なんと他人から言われてもかまわない、人の批評なんかいっさい無視する、ただ恋人のもとへ邁進する熱情は持合せていない。

［中略］

そしてその次の朝、彼は東京駅を立ち、長い汽車の旅と船の旅についた。

なにやかやと足繁くやって来た彼であり、そのあいだは三年にもなったのだが、彼はいつでも「ついでがあったから」とか、「ついそこまで来たから廻って来た」のであって、唯の一度でもまっしぐらに彼女のところをさして来たことはなかった。

彼とわかれた宵——それは四月一日だった——彼女は年上の女性の友と銀座の町をあるきとおした。なんのためにあるいているのか、その友にはわからなかった。

「あなた、ずいぶん、興奮しているのね」と友は言った。

「そうかしら? わたしどうしたらいいのか、自分にもわからないのよ」と彼女はポツリと答えた。長い旅の途中、彼から絵葉書が届いた。彼が最終の目的地——任地——に着く前に彼女は簡単な手紙を送った。

「もうこれで私たちのおつきあいはおしまいにしましょう。長い時がかかって手紙が来たり出したりは面倒です。これでおわかれにします。さようなら」

そのとき、彼女は考えた、あたしが結婚する相手はあたしをひたむきに、しゃにむに、愛してくれる人でなければいや、わたしも夢中でえんりょなく愛することの出来る相手。あとの条件はまたあとできめることにして、二人が互に愛し合い、それも恐れなく愛し合うことを第一条件にする。

（一九六六［昭和四一］年九月）

［後略］

『生きるということ』あすなろ書房、一九六九（昭和四四）年

その後、山梨英和女学校での生活に没頭し、一九一六（大正八）年三月花子は甲府を去り、その年に村岡儆三と出会い、同じ年一〇月に結婚する。

その後、花子と澤田廉三との接点はなかっただろうか。

戦前の一九四一（昭和一六）年、花子は作者が澤田廉三の妻ということで『大空の饗宴』（青燈社、一九四一［昭和一六］年）の豪華本を定価八円（現在の一万六〇〇〇円位か）で買って読んだ。そして、自分のかつ

ての恋人澤田廉三の妻はこういう人なのかと感心して一九四二（昭和一七）年の随筆に書いている。その本の美しさを本音で書いている。著者の澤田美喜はまだ混血児のホームを設立する前の金銭的にも余裕のある時代の本である。

でも、やっぱり澤田廉三の妻である澤田美喜を意識して取り上げたと思う（大正から昭和にかけて、女性の名に「子」をつけることが流行して「はな」も花子、「美喜」も美喜子と書いている）。

美しきもの

けさ私の心はしみじみとした歓びにうるおっている。美しい一冊の本を前にして、遠い昔の人々のゆかしい心情に深い敬慕を寄せるのである。

澤田美喜子夫人著の「大空の饗宴」という本、豪華版というのであろう、この時世に定価八円は決して安くはないのだから。それでありながら、いわゆる「豪華版」に附随したけばけばしさは感ぜられない、しっとりと、落ち着いた出来栄えで、眺めているうちに、何か現在とは離れた、遠い世に心が飛んでいき遠い昔の人々のたましいのいぶきを聴く思いがする。

「大空の饗宴」は著者が長年の苦心から成る日本切支丹遺物の蒐集と解説である。矢代幸雄氏が序文に於ても述べていられるが、美喜子さんは前駐仏大使澤田廉三氏夫人であり、財力も時間の余裕もゆたかに持っていられるであろうところの、典型的貴婦人である。

その人の労作である以上、この美麗な、高価な書物となったのも、不思議はないわけだが、とかく実用一点張りのような出版物の多い今、この本は私どもにとってまさに「饗宴」にひとしいものである。

『大空の饗宴』(1941［昭和16］年)

切支丹宗門圧迫の三百年間、あらゆる苦難に耐えて信仰を持ちつづけて来た人々が、礼拝の対象として潜め守った変貌のマドンナのさまざま、或は調度品や器物の人目に触れぬ箇所へ刻みつけた十字架の標識など、じいっと見ているうちに、自分の罪深さが感ぜられて、おのずから眼を伏せたい気持になる。

著者澤田夫人もこの仕事に専念せられたことに依って、必ずやたましいを洗われるような、すがすがしい境地に遊ばれたことであろうと想像される。ともあれ、お金持の貴婦人がこのような特殊な研究に打込まれることは、まことにふさわしい生活であり、羨しくさえある（これだけの時間のゆとりを持たれることが、羨しいのである）。

この本の中で私が感動した文章がある。小崎トマスという若い殉教者が、死の前夜、母に書き遺した手紙は実にすばらしい。

「……トマス謹みて母上にこの書を送り奉る。……我は神父、ならびに父上と、手をたずさえて、先きに天国にのぼり、やがて母上の来り給うを待つべし。

母上、この後告解をなすべき神父なきも自らかえりみて犯せる罪を悔い、ますます信仰をかため、無限にしてきわまりなき聖寵をあたえたもう御主いえすきりしと〔イエス・キリスト〕のことを忘れ給うなかれ」

このような文章は、信仰に出発しなければ書けるものではない。それは世の常の名文の持つ美しさとは異った美しさである、明け暮れ聖書を愛読したことから得た文章の風格であろう。

私の畏友M夫人〔松村みね子、本名片山広子のこと〕はひところ、盛にアイルランド文学の翻訳を公けにされたものだったが、彼女の詩の翻訳には一種独特の風韻があった。信心深いアイルランド人の心情を伝える詩の翻訳に、彼女ほど適切な言葉を所有している人はないと私は思った。

M夫人が聖書、殊に旧約聖書の愛読者であることは二十年を越えるくらい、彼女と交遊を久しゅうしている私がよく知っているところである。信者が信仰から読むのには無論、一通りならぬ効果があるにちがいないけれど、美しい読物としての聖書の一面も見のがしてはならないものであろう。

澤田夫人の文章などからも、こうした気品が感ぜられる。夫人の場合は文学的教養と信仰とが渾然一となってあらわれているのだから、読む者の心に迫って来て、涙を流させ懺悔の思に打たれざるを得なくする。

美しいものは永遠の喜びだと詩人は謳っているが、どんな世になっても美しいものを見て心がときめかなくなることはないようにと、念ぜられる。

美しい絵をあがなう心理もやはり美を喜ぶ気持からのみにしたい。

〔中略〕

美術が決して少数特権階級のみの所有物ではないことを証明されたからである。

家庭に美術を入れなければならない。ミレーの晩鐘の写真画一枚でも、壁間にかけてあるのと無いのでは如何に家庭の気分がちがって来ることであろう。

無言の説教をするものは美しき芸術品である。

『母心抄』西村書店、一九四二(昭和一七)年

9 柳原燁子《やなぎはらあきこ》（白蓮《びゃくれん》）と片山広子《ひろこ》との友情

柳原燁子との確執と和解

村岡花子と柳原燁子（白蓮）は東洋英和女学校で花子一六歳、燁子二三歳で出会い、歳の差を越えて仲良くなった。燁子は華族で大正天皇のいとこであった。一度結婚に破れ、東洋英和に同級生として編入してきた。花子とは様々な接点で仲良くしていたが、自分が学んでいた和歌を佐々木信綱の「竹柏園《ちくはくえん》」で勉強するように勧めてくれ、在学中から一緒に学んでいた。英学に片寄りがちな花子に日本の古典文学・和歌の世界に目を開かせてくれ、佐々木より片山広子を紹介されたことも大きかった。

本科卒業を前にして、またもや九州の大富豪（伊藤伝右衛門）との結婚を承知した燁子との友情は東洋英和女学校本科を卒業するころは絶交状態であった。

しかし高等科を卒業して甲府の山梨英和女学校に赴任し仕事を持ったころ、淋しさで花子のかたくなな心もくだかれて、九州の地の白蓮に和解の手紙を書かせた。そのいきさつが随筆に書かれている。

心なくして手を

私は言いようもない憤りに燃えていた。寄宿舎の四階の小さい部屋、それは生徒たちの「祈りの密室」として作られたものであった。宣教師の教師たちは、生徒がひとり静かに神に祈り罪を悔いるためにとつくったのであるが、さて、どんな人があそこにこもって祈ったのか、すくなくとも、私はそういう心理状態になれなかった。

それどころか、私はすべてのことに向かって疑いをいだいた。私がこの宇宙にひそむ偉大な意志といおうか、力といおうか、それに服従する気になったのは、これよりもずっとずっと後のこと、結婚して男の子の母となり、限りない幸福に浸っていたのを突如、わずか一昼夜の病気でその子の生命を奪われた悲痛な経験を経てからの心境である。

それはともかく、あの青春時代のある日、私は四階の片隅の小さな部屋で、柳原燁子さん（今の白蓮女史）と向かい合っていた。

そのちょっと前に、私は初めて彼女が同じ学園で起き臥しした乙女たちとは違い、既に十年の結婚生活を過去に持っている女性だということを知ったのであった。

ばかばかしい話ではあるが、明治から大正の初期にかけてのあの時分は、離婚ということは罪悪のように考えられていたようである。殊に、聖なる学園のあの学校では、男性は汚らわしき者という考えかたで、私たちは汚れに染まらぬ白百合であるべく教育されていたのだから、燁子さんの過去の生活がことさらに書き立てられた後の私のショックは実に言語に絶したものであった。

なぜ、ことさらに、彼女の過去が話題にのぼったかにも理由があった。

そして、その理由こそは、あの時、私を憤りで燃え立たせていたのである。九州の炭鉱主で眼に一丁字《いっていじ》もないなどと噂された二十以上も年上の大富豪の後妻として、彼女は二十八歳の若さを、人身御供《ひとみごくう》として投げ出そうとしていたのである。

「あなた、そんな再婚をなさるの、恥かしくないの?」と私は責めた。

「だって、仕方がないわ。私は兄夫婦の世話になっているんだし、この再婚を承知しなけりゃ、四方八方に迷惑をかけるのよ」

「あなた、あの男を愛していないんでしょう?」私はぐんぐんと迫って行った。私の前の彼女は身も世もない切なさにもだえていた。

私には堪えられなかった。どうにもこうにもやりようのない怒りに包まれた。

「心を与えないで、身を与えるのは罪悪よ」と言った。だれかの詩の中の一句である。ハートなしにハンドを与えるのは罪だと、私はそのままほんとうに信じていた。

伯爵家と平民の炭鉱主の縁組みというのは当時の世間を騒がせたニュースであった。私は怒った。私は燁子さんに絶交を宣告した。彼女は、「泥の中から清く咲き出る白はちす」という印象をのこして、輿入れして行った。白蓮という名前はここから生まれたのだろう。

結婚式は豪華をきわめたもので、これには学校関係の人たちは招かれなかったが、そのあとで、教師や同級生を芝公園の料亭に招待して、派手なもてなしがあった。

私が十六、彼女が二十三、四のころから姉妹のように親しくして来たのに、私は彼女と絶交し、結婚披露の祝宴にも列《つら》ならなかった。彼女からは記念の銀の美しい小箱が届けられた。紅い打紐で結ばれたあの小さな箱を長いあいだ私は机の上からはなさなかった。

卒業して私は甲府の山梨英和女学校へ英語教師として赴任した。山奥の淋しさは私のかたくなな心をくだいて、九州の地の白蓮女史に和解の手紙を書かせた。

それから十年、「美しき緋房のかごに囚われの小鳥」と彼女は自分の運命をなげきつづけた。しかも、そのあいだのロマンス、そしてそれを彼女は私のもとにめんめんと悲しみ訴えて来た。「をとめの恋は栄光の冠。人妻の恋はいばらの十字架。燃えさかる恋の焔に二つはなかろうものを、人の世の制裁は悲しくも冷たい」と私は書きおくった。一体、私はどういう娘であったのだろう。彼女が実地に身もだえしている苦しみを、私は文学の中でのみ味わいつくしていたようである。まったく、不自然な発達をした私であった。

『母の友』一九六〇（昭和三五）年八月号、福音館書店

こうして甲府の地で花子のほうから和解の手紙を書き、再び交流が始まった。

九州の燁子も弁護士・社会運動家の宮崎龍介と出会ったことから身分と財産のすべてを放棄して、人間的な愛情に包まれた結婚を選んだ。この事件は歌人としての白蓮を世間的には有名にした。燁子は生涯歌人として生きた。

一九六七（昭和四二）年、燁子の死後、宮崎は次のように語っている。

私のところへ来てどれだけ私が幸福にしてやれたか、それほど自信があるわけではありませんが、少なくとも私は、伊藤や柳原の人々よりは燁子の個性を理解し、援助してやることが出来たと思っています。波瀾にとんだ風雪の前半生をくぐり抜けて、最後は私のところに心安らかな場所を見つけたの

花子の東洋英和高等科卒業写真。1913（大正2）年3月31日
花子（前列右から3人目）が手に持っているのが卒業者総代で読んだ英文の卒業論文。前列左から4人目が論文指導者のアレン（東洋英和女学院史料室提供）

だ、と思っています。

宮崎龍介「柳原白蓮との半世紀」『文藝春秋』一九六七（昭和四二）年六月号（創刊四五周年記念号）

燁子は息子と娘を与えられたが、戦争中息子は学徒動員で出兵し、敗戦直前に亡くなった。戦後は「悲母の会」を結成し、熱心な平和運動家としても活躍した。

翻訳の世界に導いてくれた片山広子

片山広子は村岡花子の東洋英和の先輩で、アイルランド文学の翻訳者である（ペンネーム松村みね子）。花子にとって生涯多大な影響を受け、結婚して大森に住んだのも片山（当時四一歳）が住んでいた所に住みたいという欲求からだった。

片山の第一歌集『翡翠』評を『新思潮』に書いたのが、当時東京帝国大学英文科に在籍中ながらすでに作家としての代表作となる「羅生門」や「鼻」を発表し、気鋭の新人として見なされていた芥川龍之介だった。

現在、片山広子の名前は、「芥川龍之介の最後の恋人」としても知られているのではないだろうか。芥川は片山が所属していた「心の花」の結社誌に短歌を寄稿したこともある。ふたりが知り合ったのは、一九二四（大正一三）年七月、軽井沢のつるや旅館であった。片山の夫である貞次郎は四年前に亡くなっていた。片山広子、広子の娘・聰子《ふさこ》、そして芥川龍之介、芥川龍之介の弟子・堀辰雄。片山は四六歳、芥川は三二歳だった。

村岡花子に翻訳を勧めたのは片山であった。ご近所であったからか、家事の苦手な花子に片山がご飯のおかずを届けることもあった。

静かなる青春

松村みね子〔片山広子〕さんが私を近代文学の世界へ導き入れて下すった。そうして、その世界は私の青春時代を前よりももっと深い静寂へ導き入れるものであった。

けれどもこの静かさは、以前のような、逃避的の、何物をも直視しない、正面からぶつかって行かない「精神的無為」の静かさではなくして、心に深い疑いと、反逆と、寂蓼とをたたえた静かさであり、内面的には非常に烈しい焔を燃やしながら、周囲にその烈しさを語り合う相手を持たないことから来る沈黙であった。私が今、若かりし日の自分を思い返そうとすると、いつも孤独な気持で表面は非常に穏やかに、行い澄ましていた姿しか眼に浮かんで来ない。

明治から大正時代へ移って行く烈しい時代の動きをよそにして、婦人はおとなしく、慎み深く、控え目に、しかしながら心の持ちかたはたくましく、正しい道を一筋に歩むようにと教え込まれるかたわら、宗教上の勤行も相当にきびしく押しつけられるのだから、必然的に自由の世界というものを内へ内へと築いて行く。

私の若い心は思う存分に疑い、夢をみ、反抗して、しかもその時代の若い人々が実社会で、さまざまの生きた問題とぶつかり、ぐんぐんと進路を展《ひら》いて行くのとは全く交渉のない生活を追っていた。書きたいという欲求は非常に強いのだけれども、書くことといえば、「作文」の時間に教室で与えられる題によって文章を綴るほかには書く機会はないし、また書いたところでどうにもならないといったような絶望的の気持も手伝って、結局、夢中になって歌を作るよりほかのことはしなかった。

高等科を卒業してから私は甲府の女学校へ赴任した。その学校もミッション・スクールなのだから、校内の雰囲気は大体、母校と変らなかった。私の女教師時代はすなわち私の青春時代なのだから、結局、この時期が一ばん夢の多かった時代ともいえよう。

まだ、笹子のトンネルを通る度に、鼻の中から顔じゅうまっくろになる時分だったから、東京と甲府とのあいだの旅は、今のように気軽に出来なかったけれど、自分の家が東京にあったので、祭日と日曜日と二日つづきの休には、よく東京へ帰って来たものだった。そうして東京と甲府のあいだを松村みね子〔片山広子〕さんからの小包がしばしばかよって、その中にはいつも新刊の英書がはいっていた。

〔後略〕

『心の饗宴』時代社、一九四一（昭和一六）年

10　山梨英和女学校の国語科教員山田弘道《やまだこうどう》

花子が写っている卒業写真二枚（七六頁、一五一頁）に共に写っているのが山梨英和女学校の年配の国語科教員山田弘道である。

山田弘道は花子の母てつの実家の家作の持ち主と言われている。娘の一人も東洋英和高等科に進学させ、東洋英和のこと、奨学生のこともわかっていた。花子の母の実家の面倒もみており、「はな」の名付け親にもなった、と言われている（山田弘道の孫・角田智慧子談。大正一五年山梨英和卒、二〇〇〇年没）。

山田弘道は明治の初め、山梨の小学校教育の道筋をつけ、教科書も出し、公立小学校の校長を勤めた後、一八九七（明治三〇）年五三歳の時山梨英和女学校に赴任した。そして一九一八（大正七）年七四歳まで勤めた。

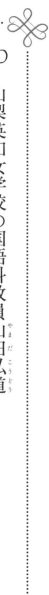

教会を通した人間関係

弘道は甲府教会で一八九二（明治二五）年山中笑《えむ》牧師の時、洗礼を受けている。長男美弘《よしひろ》は牧師でその影響と言われている。花子の父逸平とは同じ甲府教会員だった。

小林光泰牧師は東洋英和の初代校主（今の理事長）であり、甲府教会牧師の時、花子に洗礼を授けた。優秀な女の子と期待されていた花子が一〇歳の時、東洋英和女学校の予科に編入できたのも父逸平の並々ならぬ期待と行動力もさることながら、このような教会を通した人間関係の中にいたことも大きい。花子は給費生（奨学金受給者）であった。

村岡花子の母の実家は甲府の寿町の文殊神社（山田弘道家が敷地を寄付した）の近くにあったのだが、今、その一角にある荒川水害の慰霊碑に山田弘道篆《てん》とある（一八頁地図参照）。

山田弘道

クリスマスの追想

クリスマスの季節《きせつ》がめぐって来《く》ると、私は頻《しきり》に哀愁《あいしゅう》を感《かん》じる。どういうものか、最初《さいしょ》から、『クリスマス』と『うらがなしさ』が手《て》を引《ひ》き合《あ》って、私の生涯《しょうがい》に入《はい》り込《こ》んで来《き》たような気《き》がする。

私は小学校《しょうがっこう》へあがる前《まえ》の年《とし》までの幼《おさ》ない時《とき》を、甲府《こうふ》で暮《くら》した。甲府《こうふ》では私たちの一家《か》はメソジスト教会《きょうかい》へ行《い》っていたらしい。これは私に全《まった》く記憶《きおく》がないのだけれども、よく小《ちい》さい時《とき》に、両親《りょうしん》から『健児《けんじ》さんを見《み》なさい、健児《けんじ》さんのようにおりこうにならなければいけない』と言《い》われては、『おりこうさん』の模範《もはん》として指《さ》し示《しめ》されたのが、故小林《ここばやし》〔光泰〕牧師《ぼくし》の令息《れいそく》であり、その小林牧師《こばやしぼくし》はメソジスト教会《きょうかい》の牧職《ぼくしょく》に在《あ》った方《かた》なのだそうだから、私も幼《おさ》ない時《とき》から甲府《こうふ》メソジスト教会の日曜学校《にちようがっこう》へ通《かよ》っていたのだろうと思《おも》うけれども、その記憶《きおく》は一向《いっこう》に残《のこ》っていない。健児《けんじ》さんというのは、最近世《さいきんよ》を去《さ》られた小林健《こばやしけん》児医学博士《じいがくはかせ》で、その健児《けんじ》さんが何《なん》でもクリスマスの祝会《しゅくかい》で素晴《すば》らしく立派《りっぱ》な演説《えんぜつ》を暗誦《あんしょう》されたことが、大《だい》評判《ひょうばん》になっていたらしい。

『富士《ふじ》の山《やま》は白妙《しろたえ》の衣《ころも》を着《き》て』とかいうのが、その演説《えんぜつ》の初《はじ》めの文句《もんく》でもあったのだろうか、私はその文句《もんく》を幾度《いくど》か、父《ちち》に聞《き》かされたことをいまだに忘《わす》れない。

甲府《こうふ》での日曜学校《にちようがっこう》というものについては『おりこうな健児《けんじ》さん』以外《いがい》には何《なん》にもはっきりした記憶《きおく》がないのだけれども、東京《とうきょう》へ移《うつ》ってから初《はじ》めて父《ちち》に連《つ》れられて、麻布《あざぶ》のメソジスト教会《きょうかい》〔現・鳥居坂教会〕のクリスマスへ行《い》った。その晩《ばん》、私たちは全《まった》くの飛入《とびい》りであった。

〔後略〕

『母心随想』時代社、一九四〇（昭和一五）年

「おりこうな健児さん」はその後医学博士となる。小林光泰牧師は一八九九（明治三二）年腸チフスになり、四一歳で亡くなった。

西田幾多郎の妻・山田琴

花子と山田弘道は甲府教会に通う良き信者だった。弘道は勤勉なクリスチャンである花子とは親しくしていた。

花子が山梨英和に勤めていたころの山田弘道家は四女琴（琴子）が一九一二（明治四五）年から一九一六（大正五）年まで、アメリカ東部のニューヨーク州にある名門ヴァッサー大学で学んでいたころと一致する。この間、琴がアメリカから出した絵葉書が山田弘道宛に送られてきていた。それに弘道は几帳面に到着日を

VASSARION

KOTO YAMADA
No. 5 Sakaimachi Kofu, Yamanashi, Japan

To come from so far away and get into the spirit of V. C. as well as Koto has, shows the strength of mind and broad interests that we all know her to have.

Officers

MARJORIE WOOLSEY	*President*
ROSA D. SHARPE	*Secretary*
PHEBE BRIGGS	*Treasurer*

Members

1916

MARY BRADY
PHEBE BRIGGS
BESSIE CALLOW
MARION CROWELL
EMMA DOWNER
MILDRED DRUIEN
KATHERINE ENGLISH
CAROLINE GOODRICH
ELEANOR GOSS
ELIZABETH HARDIN
ELEANOR HOBBS
HETTY KEENAN
ELIZABETH KEELER
ELEANOR LESLIE
ELIZABETH LINDER
BARBARA MOORE
MARGUERITE PHILLIPS
ROSA SHARPE
KATHARINE VANDUSEN
RUTH WALKER
MIRIAM WATSON
MARY WELLS
ALICE WEST
BARBARA WILLIAMS
MARJORIE WOOLSEY
KOTO YAMADA

Daisy Chain

1916（大正5）年、琴のヴァッサー大学卒業証書（山田家蔵）

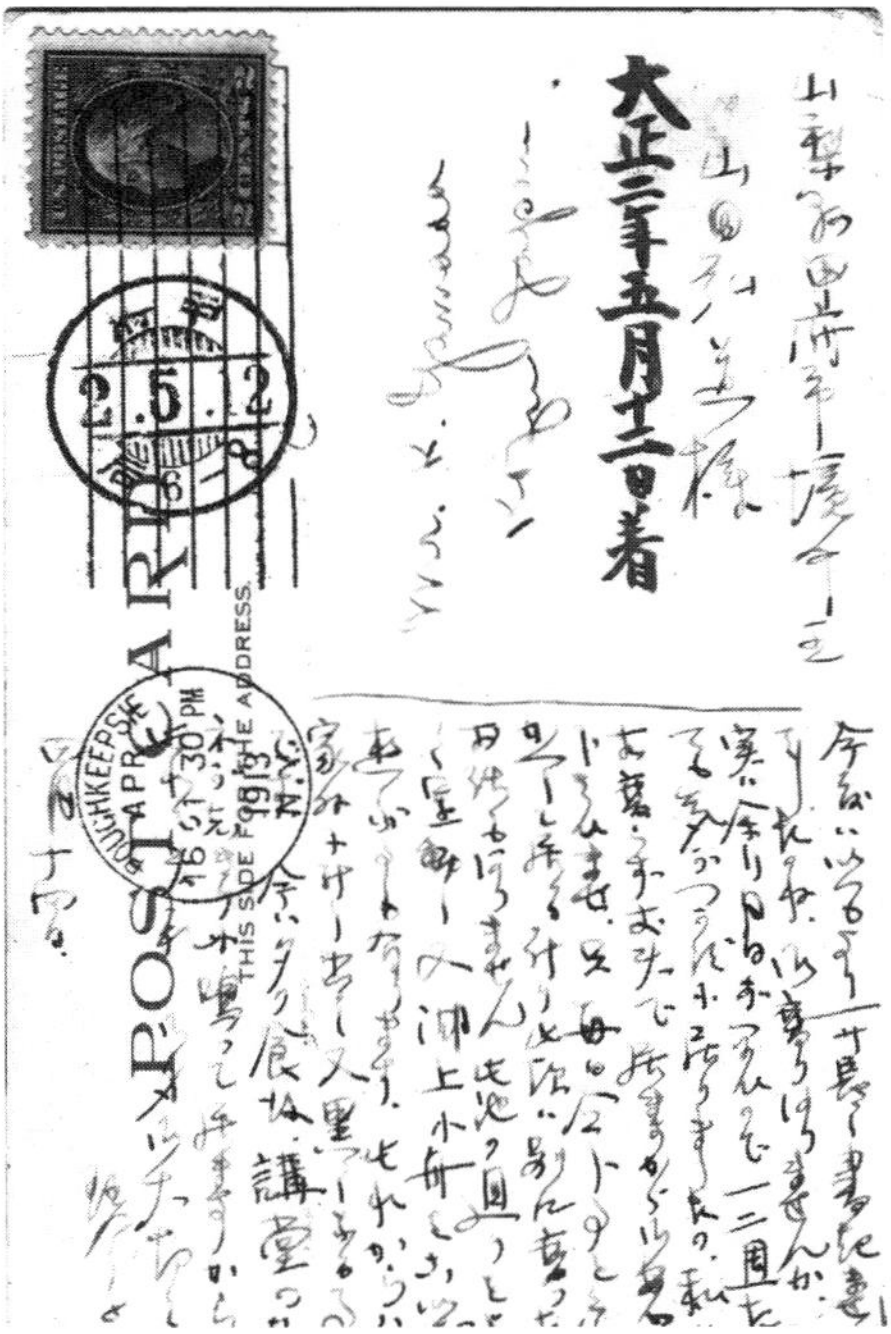

琴がアメリカから弘道に出した葉書（大正2年5月12日着、山田家蔵）

赤ペンで記入していた。他にも留学中に家に送った絵葉書が大量に残されている。

花子とはそんな留学中の娘のことでどんな会話があったろうか。

琴は花子より九歳年上であった。琴も山梨英和から東洋英和高等科を出た後、山梨英和や静岡英和で教員をしていたが、教員免許がないため津田英学塾で免許をとる特別講習生として勉学中、津田梅子に見いだされた。梅子は甲府まで訪ねて来て両親を説得し、留学のための「日本婦人米国奨学生」の論文応募を勧めた。琴はそれにも合格して留学が実現した。

琴はヴァッサー大学卒業後、神戸女学院、津田英学塾で教え、津田で教授となった。その英学塾の教員の

前列左より２人目・西田幾多郎、その隣琴。２列目右端が姪の角田富美子

時、寮生のための日曜礼拝の担当をしていた。その礼拝のために『女子祈禱の栞』を翻訳し、学生たちに配った。そこには、

「小さき書よ　行け　汝の天職を果たすため、それはたとい小さくとも

一九一九（大正八）年一〇月　山田琴子」

と書かれていた。

花子の出版した『爐邉《ろへん》』の「はしがき」に載っている言葉に「小さき書よ　行け」があるので、驚いた。花子は山田琴が読み、訳した同じ祈禱書から引用したのではないか……。

弘道は一九二六（大正一五）年八二歳で死去した。琴、二度目の渡米中であった。

琴四八歳の時、岩波書店の岩波茂雄たちが、妻に先出たれて家政に困っていた著名な西田幾多郎に山田琴を紹介した。西田幾多郎は京都帝国大学教授で『善の研究』（弘道館出版、一九一一［明治四四］年）という哲学書を出して世界的に著名な哲学者として知られていた。しかし、姪たちの言葉では「初めて会ったときよれよれの着物姿でびっくりした」と琴は語っていたようだ。

山田琴は津田英学塾を辞め、一九三一（昭和六）年、当時は京都帝大を退職して名誉教授であった西田と結婚した。

この時、琴の下の妹（角田そで）の娘である姪二人（姉・角田富美子、山梨英和女学校昭和三年卒、妹・美恵子、同昭和六年卒）が津田英学塾に学んでいて、学内は大騒ぎだったと回想している（本人談）。後の津田塾大学学長藤田たきは「津田は山田先生を失ったけれど、そのために日本の哲学会は西田先生の大きな仕事を得たのだから、もって瞑すべきでしょう」と語っている。

西田も「かくてのみ　直に逢はずば　うば玉の　夜の夢にぞ　つぎて見えこそ」と、琴を見そめて和歌を詠んだ。

西田亡き後（一九四五［昭和二〇］年）、琴は鎌倉に住み、鎌倉婦人子ども福祉のために、会館建設運動やＹＷＣＡ結成の折には会館主義を捨て、「会員各自が何らかの力を出し合って、会の仕事を進めていくことを理想として発足すること」を掲げた。また、ヴェトナム戦争の北爆に反対してジョンソン大統領に宛て、英文の抗議文を琴名で出すなど、アメリカの人々を愛するがゆえの行動力を見せている。琴は一九七三（昭和四八）年死去した。八九歳であった。

前述したように、山田弘道は山梨英和女学校へ来る前小学校の校長をし、小学校の教科書作成をしていた。その中の『甲斐小地誌』に明治初期、汽車の通ずる前の甲府を描いた手書きの「甲府市街平面の図」があり、貴重である（次頁）。

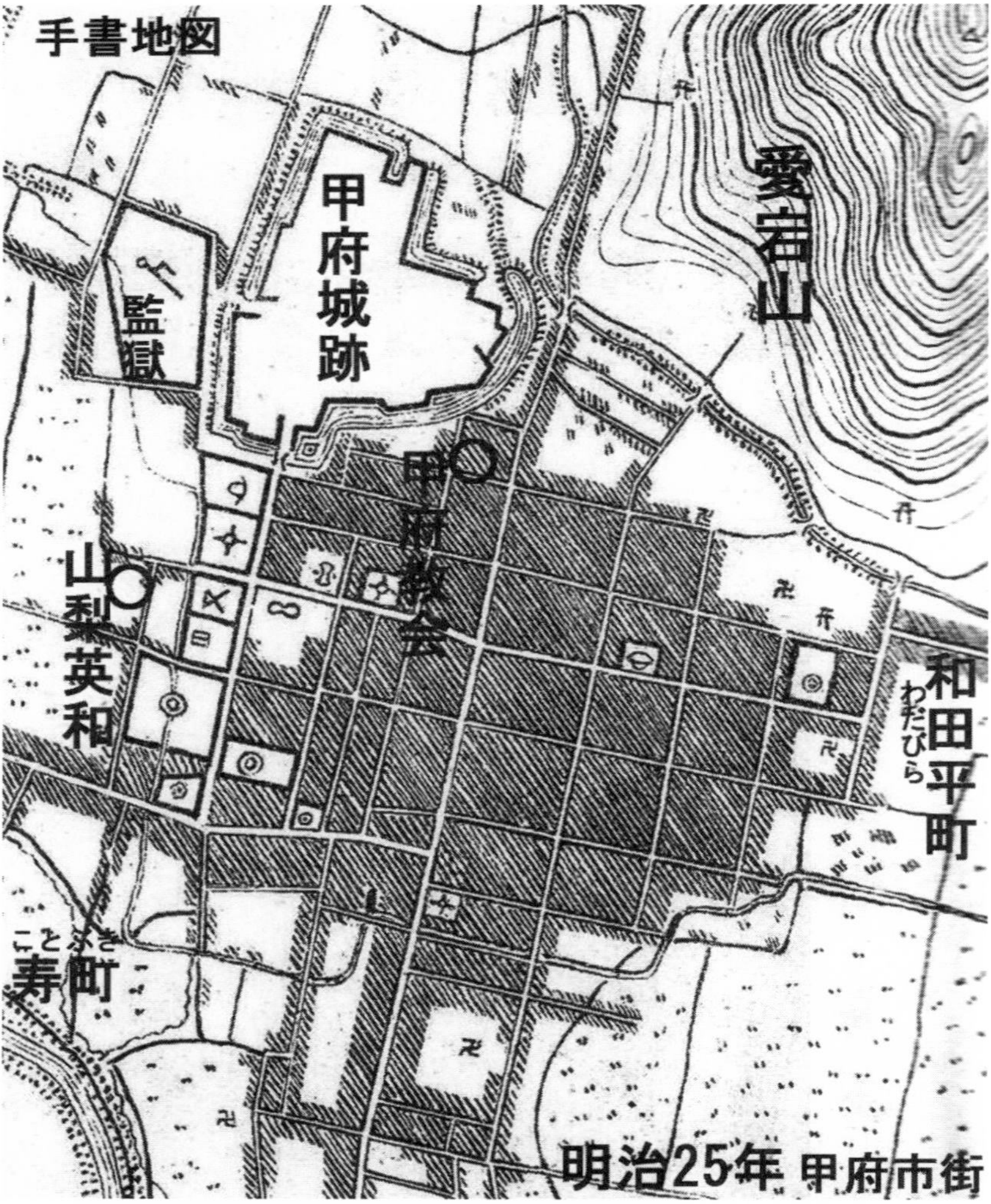

山田弘道著『甲斐小地誌』に掲載されている手書きの「甲府市街平面図」（拡大して一部掲載）、明治25年（山田家蔵）。後に甲府駅前になる監獄の記号が十手の形になっている。手書き地図作成は小野行蔵、地名記入は筆者

11　山国甲府の美しさ

一〇〇年経っても変わらない風景

花子が教師をしていた時代から一〇〇年は経っているが、甲府では西に見える南アルプスの山々も富士山も変わらず冬は白銀に輝いている。甲府の町も戦災にあったが、今ではどの都市にもあるタワーマンションが甲府駅と山梨英和の間に建っている。学校は花子が勤務した当時の女学校の地に今もある。校名は山梨英和中学校・高等学校と言い、変わらず女子校だ。

空を仰ぐ

ラジオの朝の修養講座で、「夕日の沈むのを見たならば人生の転変極まりないことを思いこの無常を越えて不動の安心に達する道を求めよ」と云った意味の教を聴いた。チェホフであったか「絶えず星の輝く大空を仰ごう、高く、もっと高く眼を挙げよう」と言ったのは――。

夕日の沈むのを見れば、さまざまの深い思いに打たれるには違いないけれども、めまぐるしい都会の生活に追われている私どもは、一ケ月の中に何度、夕映えの美しさを仰いでいるだろうか。

その昔、私は或る山国の小都会で「東京の学校を卒業して来た若い女教師だった」ことがある。その山国は殊に秋の風景が美しかった。空が青く青く澄んで、葡萄はむらさき色に熟し、渓流は白く流れた。その国の星空の崇高さを今も忘れない。その下に立って深く思を凝らした自分であった。大空に輝く星をじっと見上げながら、何か天の一角から自分にむかって語り聴かされることがあってもいい筈だと、幾たびか思った。昔の聖者たちが特殊の使命を身に感じ、特に自分に呼びかける声を聴いて起ったように、自分にも何かの声がきこえそうに思われたほど、夜の大空は私を神秘感で包んだ。

［後略］

『心の饗宴』時代社、一九四一（昭和一六）年

山国甲府の夏は暑い。今でも全国に夏の暑さがニュースに流れる。しかし、冬は空気も澄み、太陽は輝くように降り注ぐ。でも、雪は降らないので、盆地の底は乾いている。

南アルプスは当時、何と呼んだのだろうか。森林限界から上は白銀に輝く。日本海側から来た人は冬の毎日晴れる甲府を称して、同じ日本とは思えないと晴天続きをうらやむ。富士山の麓、山中湖近くにあるホテルでは今年も宿泊中（二〇二一年三月七日まで）に富士山が見えなかったら、宿泊代金をお返ししますというサービスを行っている。それだけ、晴れることに自信を持っている。富士山が朝日で赤く染まる「紅富士」、山頂に太陽が重なる「ダイヤモンド富士」が鑑賞できる季節に合わせて毎年開催し、二〇二一年で五一回目。ただし、この無料宿泊券は次回以降の宿泊時使える仕組みだが。

一九一〇（明治四三）年甲府を通って俳人飯田蛇笏宅（甲府の南境川村）を訪ねた若山牧水の和歌がある。

甲府盆地と南アルプス。2021（令和3）年冬

辻々に　山のせまりて　甲斐の国
　甲府の町は　さびし夏の日

と、暑くて人も出ない甲府の街風景を詠っている。

花子は「ぶどう」や「ほうとう」だけではない甲府の美しさを「空を仰ぐ」として残している。

上の写真は、前日降った雪が美しい南アルプスと甲府盆地（二〇二一年一月二五日朝撮影）。

左側のパラボラアンテナの下の建物は丹下健三設計で、本書にも出てくる山梨日日新聞の現在の社屋。花子の時代とは場所が異なる。

この写真は筆者宅から撮影したものだが、山梨英和学校からも同じように見える。

市街の風景は違っても、山々の姿は花子の時代と変わらず、夕陽の沈むのを見ていると深い思いに打たれる。

12　広岡浅子、市川房枝との出会い

広岡浅子との出会い

花子は富士山の麓、静岡県御殿場町（現・御殿場市）二の岡にある広岡浅子（廣岡淺子）の夏の別荘にも行っていた。広岡浅子は一九一四（大正三）年から死の前年（一九一八年）までの毎夏、避暑地として別荘を建設した二の岡で、若い女性を集めたキリスト教の講習会を開いていた。そこに花子は招かれて、広岡に可愛がられた。広岡浅子は一八四九年一〇月一八日（嘉永二年九月三日）生まれで、実業家、教育者、社会運動家として、また日本女子大創立など様々な活躍をし、一九一九（大正八）年一月一四日に亡くなった。大阪を拠点に活動した広岡浅子は、二〇一五年に放送されたＮＨＫ朝の連続テレビ小説『あさが来た』のヒロイン白岡あさのモデルともなった。

広岡浅子の娘は亀子と言い一柳恵三と結婚し、彼は広岡恵三となった。その恵三の妹一柳満喜子は著名なアメリカ人建築家であり、メンソレータム販売事業家でもあったメレル・ヴォーリズと結婚した。山梨英和には戦後、一九五〇（昭和二五）年にＷＭＳが建てた宣教師館が残っており、それは山梨唯一のヴォーリズ設計の建物である。

村岡花子はアジア太平洋戦争（第二次世界大戦）中は大政翼賛会後援の大東亜文学者大会に参加するなど、

戦争遂行に協力的な姿勢も取った。『ほまれの家』（恩賜財団・軍人援護会、一九四二［昭和一七］年発行）に「国の子供・母の宝」という題で、子供は国の宝、母の宝と童話を書いている。

その他、文部省嘱託や行政監察委員会委員、女流文学者協会理事、公明選挙連盟理事、東洋英和女学院理事、家庭文庫研究会会長、キリスト教文化協会婦人部委員などを歴任。一九六〇（昭和三五）年、児童文学に対する貢献によって藍綬褒章を受ける。

村岡花子のいろいろな意味での活躍は当時の女性としては珍しいほうである。

一生を宣教師として生き、女子教育や宣教に尽くし、定年で母国へ帰る宣教師を見て生きてきた花子も「曲がり角を曲がる」たびに何かを選択して生きてきた。

一生着物を着て過ごした花子には戦後も洋服姿の写真はなかった。呉服屋さんがお葬式なら喪服を、結婚式なら花嫁衣裳をあつらえ提供するように、花子もその時代の持つ要請に応えた社会の役職や執筆、翻訳をしてきたということだろう。

貧しい家庭に生まれ、幼児で洗礼を受けたことも受容し、長子としての自覚を徐々に発揮しつつ、自己の持つ力を精一杯出し尽くした結果が戦争中の作品にも表れている。それは戦争協力者とも言えるであろうが、また、それとは違う。

戦時中敵性語である英語を駆使して『赤毛のアン』を隠れて翻訳していた花子は、自分の立てた志（家庭文学）に忠実であろうとしたのではないだろうか。

少女文学を特集した『彷書月刊』一九八九（平成元）年七月号で谷口由美子氏が「『赤毛のアン』を見いだした人」として村岡花子を取り上げている。カナダの作家のL・M・モンゴメリの少女小説の傑作を「日本語で産みなおした」のが村岡花子であると。また、家庭に入ってから本格的に創作活動をはじめたとも。

また、明治時代の『女学雑誌』の一八九〇（明治二三）年八月から九二（明治二五）年一月まで『小公子』を翻訳連載した若松賤子《しずこ》が村岡花子の先鞭であったと述べている。

花子と志が同じ先達がいたのだ。それでも、村岡花子の翻訳は、「日本語で産みなおした」というのに加えて、戦後という新しい時代要請と一致したことによって、なお一層価値が高まったと思う。

花子には次のような随筆がある。

肩書

「先週は二、三度電話で、問合せがありましたよ。村岡さんの肩書は何とつけたらいいのでしょうってね」

隔週に夕方放送局へ行く私の顔を見ると米良氏はこう言って報告した。

「かゝたがき？」けげんな顔をして問返すと、

「講演を頼んだ所らしかったですよ。何々委員とか何々省嘱託とか肩書が附いたほうが、宣伝価値があると思ったんでしょうね」と言われて、はじめて、そんなものかしらと、幾分のみ込めたような気もした。

「〇〇からも訊いて来ましたっけ」と米良氏は言葉をつづけた。

「今、その〇〇へ行って来たところですよ。そう言えば、何にもかたがきなしで、唯、『村岡花子氏』と書いてありましたが、あれじゃもの足りなかったんでしょうね」

「むこうがもの足りないというよりも、有るかたがきを附けなかったら、あなたに失礼だと思うんじゃないんですか」とこの人の解釈は至極穏当であった。

その心理はどちらだか分らないけれども、とにかく事柄は言いようもなく私に、ユウモアを感じさせた。

私の大嫌いなものの一つは、女の名前の上に附いたさまざまのいかめしい肩書である。それを持たぬ自分の名の上には、附けられる心配はないからいいけれども、たとえばそういうものがあったとしても、私は極力書いて貰わないことをあらゆる場合に頼むことだろうと思う。

婦人が持っている肩書が真実、その人の技能或は実践に依って、来ているものでない限り、いわゆる名誉職と云った意味に於ての装飾として用いられることは、うらさびしいものである。与えられるものを拒むことはないであろう。また、与えられた以上、全力を尽して、それにふさわしい者となるよう、知識も実力も進めて行かなければならない。

けれども、婦人としては、あらゆる女性に向って、妻の立場、母の職責に於て、（或はその心構えに於て）語りかけることが出来る筈である。家庭の延長である国家、国の宝である我が子——全児童——という心に於て、如何なる婦人の言葉にも耳を傾け、互に語り合える真情が、私ども凡ての女性の中に脈打っている筈である。

いかめしい肩書などを有《も》たぬ婦人たちが、心をひらいて語り合う機会をもっと多く、私は求める。あまりにも「かたがき」万能の社会であり、かたがきに心を惹かれる内容の貧弱さを寂しく思うのである。

『母心抄』西村書店、一九四二（昭和一七）年

そういえば、村岡花子に付く肩書は『赤毛のアン』の村岡花子しか見かけない。戦後の『赤毛のアン』で充分であるし、似合う。

市川房枝との出会い

一方、市川房枝も二の岡の講習会に出ていた。市川房枝は、婦人の普通選挙推進運動家になり、戦後、参議院議員の政治家になったが、花子は二の岡で出会い、長く付き合った。花子は市川房枝の勧めで婦選獲得同盟に加わり、その機関雑誌『婦選』に「塩を飲むこと久し」を寄稿、水道料金の不合理性を訴えている。このように一九三三(昭和八)年に発行された雑誌に、水道料金のような身近な問題の不条理を取り上げ、婦人参政権獲得運動に協力した。

市川房枝は一八九三(明治二六)年五月一五日生まれで、一九八一(昭和五六)年二月一一日に亡くなっている。同年齢であると花子も紹介しており、「I女史」として随筆で述懐している。

I女史への記憶

〔前略〕

この頃しきりにI女史のことが思われる。真実そのもののような表情で他意ない笑顔を見せられると、私は無条件にあのひとを好きになる。然し、私がこの頃思うのは、もっと鋭さを持っていた昔の女史の顔である。

「私は多分あなたの一番古い友だちの中にはいるんじゃないでしょうか」

いつぞや私はこういって、女史の肩をたたいたことがある。（憶えていられるかどうかは知らないが）。何年頃のことだったろうか、私が結婚生活にはいったのは大正八年だから、それよりも以前のことである。私は市川女史とはじめて御殿場二ノ岡の故広岡浅子夫人の別荘で逢ったのである。「小学校の先生」として私に紹介されたのだった。その頃アメリカへ行く計画を立てていられたのではなかったかしら？　何だかそんなような印象が私の記憶の中に残っている。

二ノ岡で別れてから何年後のことだったのだろうか、もうそれからあとの記憶はぼんやりしてしまって、再び女史に逢った時は、こちらは平凡なる一家婦、あちらは苦難の多い婦人参政権獲得運動の闘士であった。

さて、こんなことを考えながら、書庫を整理しているうちに古い原稿が出て来た。こんなものもゆくゆくは日本婦人参政権史の或る資料になるのかも知れない。

そんなまいきな考えは抜きにして、とにかくここに書き抜いて見よう。

「全日本婦選大会雑観」と題されており筆者は村岡花子、即ち、わたくしである。

「千九百三十年四月二十七日という日は日本婦人の参政権獲得史の上に、将来必ず特筆されるべき日であらねばならない。

この種の大会は今後幾度か催されることであろう。それらの大会が、急進派、漸進派、或いは既成政党派、無産政党の左翼、右翼の両陣に分立した婦人闘士のグループというように、各々別個の団体に依って随時随所に開かれることもあるように想像される。

然しながら、とにもかくにも、日本青年館における婦選獲得同盟主催の、今回の大会は婦選運動最初の大衆示威運動として、歴史的価値百パーセントのものである。それは、いわゆるブルジョア婦人、無産派、中産インテリ階級、すべてあらゆる階級層にわたった、老若の婦人を網羅した会合であった。参会者の内容がかくの如く多種多様なのである。協議事項についても異論百出は当然のこと。鮮明な階級意識に立脚して、論戦を進める無産婦人同盟の闘士の前には、穏健な、人道的立場からのみ参政権を求めて来た普通の家庭婦人は到底太刀打ちの出来ない観があった。『参政権獲得後の行使について』の議題において議場は最も活気を帯びた。全無産階級の利益のため、否、寧ろ一歩を進めて、全婦人は無産政党に加入せよ、と明らかにいい切った織本貞代女史（註、現在の帯刀貞代女史）の声には賛成も多かったが、反対も猛然と起った。

大体から見て、無産婦人同盟の諸氏を除いたなら、他の婦人たちの間には、政党的色彩はそれほどに鮮明には表われていなかったように思われた。それだけに、彼等は、唯漠然と織本氏や平林たい子氏の主張に反対を感ずるだけで、その反対の論点がいささかぼんやりしていたことは、局外者として見ている私などには歯がゆい感じを与えた。

平生、表立った運動に参加したことのない私が、今度はじめてこうした会合に身を置いての感想だから、誤っているところが多いかも知れないが、今回の大会で私が受けた印象はこれであった――即ち、日本の婦選運動というものは、今や将《まさ》に、過去に対する清算をすべき時期に直面しているのだ。指導者、先駆者として第一線に立っている人々は別として、まだまだ大部分の婦選論者の婦選そのものに対する見解は案外、幼稚なのではあるまいか。熱は充分に持っている。然し、情熱のみでは不十分だ。もっとはっきりした主張が欲しい。政治というものに対するはっきりした批判が欲しい。

穏健を以て自他共に許しているいわゆるプチブル階級の婦人たちにおいて特に然りである。無産政党を支持する婦人たちの発剌たる元気と徹底した闘争意識はめざましいものだ。それは新興勢力のみの持つ新鮮さだ。然し大会ではその余りに闘争的である態度を私は寧ろ惜しく感じた。

政治は実際である。建設であり、破壊ではない。むずかしい言葉と学術語を羅列した公式的理論で、政治教育は出来ない。殊に大衆の指導には平易たることは第一条件ではあるまいか。ともかくも婦人公民権案を通過させた衆議院である。これからがほんとうの婦選運動の実践期だ。過去を清算し、捨てるべきものを捨て、公明なる目標を新にして、将来に向うべき時である。

与謝野晶子夫人と深尾須磨子氏作の婦選の歌が荻野あや子氏によって唱せられたのは嬉しいことの限りであった。

婦選運動は文学の上にも厳しい境地を開拓してゆくものでなければならない。これら二つの雄叫《おたけ》びの歌はその先駆ともいうべきものであろう。

隷属時代の婦人の間からは決して生れなかった自由の歌、示威の歌が、今、我等が当然受くべき権利を要求することを知って、全国的の会合を開いた日に歌われた。我々はこの歌を普及させなければならない。津々浦々までもこの音楽を鳴り響かせなければならない」

昭和五年五月十二日に書いた原稿だから、二十年以上も昔のことになる。あの時分既にこの気勢があがっていたことを思うと、戦争中の四年とそれに先だつ五六年ぐらいの間の文化の停滞が今更のように悲しまれる。

結局、婦人の政治意識は二十三年前に第一回婦選大会が開かれた時と現在とでも、大した相違はないともいえる。

ところで、ここで私は教育論をする気もないし、文学にあらわれる女権確立の影響を打診しようとするものでもない（ショウだったか、ワイルドだったかにこれを取扱った面白い戯曲があったように憶えている）私がこのエッセイをここに引いたのは、この頃しきりにI女史の若かりし日が思い出されるのと、このエッセイが昭和五年から七年にかけて私が出していた個人雑誌「家庭」に掲載されたものであり、その「家庭」という雑誌を私は「婦人春秋」と命名したかったのを、当時既にその名のものがあったことを発見し、思いとどまったという故事があるので、I女史を思う時私は一種の郷愁にも似たものを感じるのである。

［中略］

「家庭を創刊してから三年、思う所あって本号より『青蘭』と改題いたします。抑々《そもそも》、私が微力な家庭婦人の身を以て『清純なる家庭文学の提唱』なるスローガンの下に雑誌『家庭』を創《はじ》めましたのは、ともすれば、むすぼれがちになり易く、発剌さと新鮮さとを失われんとする我々婦人の日常生活の中に、せめては一掬《いっきく》の清水にも似たる文芸的気分をかもし出そうとの欲求からでありました。

いわゆる『世帯じみた女』にならないためには、煩鎖なる世帯の雑用の中に意義をみとめる必要があります。毎日の平凡な奉仕の生活の中に自己の存在価値を発見する見識が必要であります。

さて、私はいさぎよく『家庭』を『青蘭』と改題しました。家庭婦人であるが故に二六時中家庭にかまける必要はなく、須《すべか》らく私たちは、世帯じみることから超越しなければなりません。低い境地において『家庭的』であることは沈滞であり、停止であります。私どもの家庭をしていつも清新な文化的な場所たらしめるためには主婦は自分の生活の中に気分の転換を行わなければなりません。時には又『家庭』なる名称と組織の外皮であるところのあらゆる俗事や煩《わず》らいから離脱して、悠々自適の気を養う必要もあります。

かくてこそ真実円熟せる主婦となり、永遠の若さを保ち、男性のより良き半身となり得る聡明さを把握することが出来るのであります。

蘭の気品と、そのすがすがしさを我々女性の象徴として、ここに『青蘭』と改題するの辞を斯くは

――」（一九三三年、二月八日）

中々気焔をあげたものであるが、今は遠い昔語りであり、あの頃のI女史はついに参議院議員の議席を得て、相変らず、婦人の啓発に精魂を打ち込んでいる。

『親と子』要書房、一九五三（昭和二八）年

私が二〇歳の時、市川房枝氏の「婦選会館」に出入りしている方に頼まれて「ハタチの主張」に出たことがあった。どんなことを言ったのか、はるか昔のことなので、忘れてしまったが、私も選挙権を行使できるようになるが、個人より政党を選ばなければ現実的ではないようなことを言ったのだったか。

市川房枝氏ともどんな話をしたのか、会ったことは確かだが憶えていない。白髪でもう高齢だったが、話す声は大きかったことを覚えている。

御殿場二の岡の他、花子は東洋英和時代には夏休みにブラックモア校長の軽井沢の別荘に、甲府に来てからも行ったようだ。そして、山梨英和のロバートソン校長の軽井沢の別荘にも行ったようだ。次ページの写真は大正時代の軽井沢の街の風景とロバートソン山荘の写真。この中に花子がいてもおかしくないが、人物はわからない。この山荘を売ってロバートソンは学校に寄付した。

カナダの宣教師は夏の暑さに弱い。宣教師たちが開発したと言われるのが軽井沢だ。

花子が翻訳したパール・バックの『母の肖像』の中に、中国に滞在した宣教師たちも夏は高原に避暑に行ったと書いている。

大正時代の軽井沢の街の風景

大正時代の軽井沢のロバートソンの山荘

軽井沢では各地の宣教師が集まり、夏はお互いの情報交換をしていた。特に花子の甲府時代は第一次世界大戦中で情報交換も必要であったろう。軽井沢はそういう場でもあった。

13　富士登山

人生の多難の象徴として

花子は富士登山もした。

富士登山は御殿場二の岡の講習会の行事の一つだった。一九一七（大正六）年、山梨英和女学校、教員時代の夏休み中、二の岡から富士登山をした随筆がある。

山を想う

大掃除をしていたら戸棚の奥から珍しい写真が出て来た。強力《ごうりき》も交ぜて同勢二十七人の富士登山の写真である。「富士山上八合目にて」と記してある。一夏御殿場二の岡の寮舎に東京の暑熱を避けていた時に登ったので、むろん、まだ娘時代のことである。

初めのうちは意外に楽な登山道にすっかり元気づいてむやみに急いだのが祟って、八合目へたどり着いた時分の私は見るも哀れな姿であった。

一行の中には現同志社大学総長牧野虎次先生も加わっていられたし、今は引退していられるかどうか、その頃同志社大学の教授であった日野真澄先生もいられた。

八合目まで登って行った私はもうとてもそのあとを続けられる自信がなかった。

「ここに待ってますから、みなさん、登ってらっしてちょうだい。帰りにつれてっていただくわ」となさけない声を出したところが、下山は別の道からするのでどうしても一緒に登らなければ駄目だと強力にいわれた時のつらさは何とも形容の出来ないものだった。

そんなわけで、八合目からは私が登ったのか強力が登ったのか、そこのところは頗《すこぶ》るあいまいで、つまり前とうしろから強力が引張るのと押すのとの力が大部分で、私は富士山の頂上へ文字どおり押し上げられ、引き上げられたのであった。写真はその大がかりな八合目からの登山を始める前「八月七日早朝」に撮ったものだと書いてある。それから二年後の大正八年に私は家庭の人になったのだけれども、若い心にしみじみと人生行路の多難ということを感じたのは、この富士登山の道すがらであったことを今でも忘れない。

けわしい山道をのぼりながら互いに勢いをつけ、励まし合って行くこの難行路に、もし友情がなかったなら、如何に落莫たるものであろうかと思った時、人生は孤独で行くべきものではないと、はっきり感じたのであった。いうまでもなく、その時分私は結婚なんかばかばかしいと考えていた生意気娘であった。

その私の思いあがった気持を打ちくだいたのは、山に登ってみての自分のよわさであった。孤独で送るべき人生ではないという真理を富士の頂上で体得して来た私である。

今、私は一人の幼女の母として、この子の中に登山の趣味をはぐくみたいと思っている。何も登山に限ったことではないが、大自然に向き合い、親しんでゆく生活にその身を置くようにと念じているのである。

［中略］

人間を見るよりも花を見、雲を仰ぎ、水の流れに耳を傾けた方が遥かに心が落着き、激した感情も和らぎ、健康な理智の蘇りを見ることが出来よう。

母親はいつまでもいつまでも娘とともに生きることは出来ないけれども、大自然のふところにいだかれる時、子は曾《かつ》てから言われた「静まれ、心をひそめて静かな天地のささやきを聴け」という言葉を思い起すであろう。それだけではない、凡庸な母親が遂に与えることの出来なかった深い人生の神秘への悟りをも或は体得することが出来るかも知れない。

［中略］

自然を母として愛し親しむことを子に教えておきたいのである。

『心の饗宴』時代社、一九四一（昭和一六）年

文中にある牧野虎次《とらじ》（一八七一年八月一八日［明治四年七月三日］生まれ、一九六四［昭和三九］年二月一日没）は当時同志社大学総長であり、牧師であり、社会事業家として知られていた。同志社創立者新島襄の直弟子で同志社総長となった最後の人物である。

明治時代の山梨英和女学校の「富士登山」の写真がある（次頁）。左から三人目が後に山梨英和の校長となる若き雨宮敬作である。

私も山梨英和の生徒で中学二年の時、学校の募集で富士登山をした。「どうしたら、苦しくなく登ることができるのか」引率の先生に質問をした。引率者は「一歩一歩登るしかないし、一歩一歩登ると頂上に着く

1906（明治39）年8月4日、山梨英和女学校の富士登山
左から3人目が雨宮敬作

よ」と言われ、わかったようなわからないような、ともかく頂上には行けた。

私が山を好きになったのは中学一年の夏休みに叔父・叔母と群馬県の尾瀬へ行ったのがきっかけで、登山の楽しさを味わった最初であった。昭和三〇年代の尾瀬は夢のような風景が広がり、規制もなく池塘《ちとう》の浮島にも乗った写真が残っている。

私はその後、中学高校さらに大学時代も本格的な山岳部に入り、南アルプス北部や北アルプスはたいてい登っている。

村岡花子も甲府にいる間、時々高い山にも登ったと書いているが、どんな山に行ったのだろうか。

14 愛娘の甲府疎開

疎開先の娘を想う母心

戦時中養女みどりと姪晴子の疎開先は甲府であった。
「小学生の母」という題でそのころの様子を書いている。

小学生の母

終戦一年前の夏にとうとう私たちは我が家にたったひとりの小学生を縁故疎開《えんこそかい》させた。八月のなかば過ぎた頃、両親そろってこの子を送って行ったのだが、それから後の淋《さび》しさは今思い返しても胸が痛くなるようである。

子を遣《や》りていく日夜半の虫を聴く

汽車に乗りさえすれば眠くなる私は、家にいても実によく眠る。催眠剤《さいみんざい》などというものを必要としたことはかつてないし、宿が変わろうと夜具が固かろうと柔かかろうと、一向に変わりなく眠りにつけるのだが、その私が六年生の幼女を疎開させた秋は必ず、深夜ぽっかりと眼をあいたものだった。胸の底にまでもしみ入るような虫の声に涙をさそわれては、闇の中に愛児の笑顔がぱっと浮き出るのを感じるのだった。

その時分の私の生活は唯《ただ》ひたすらに子供からの便りを待ちわびるだけであった。今にして思い返すと、戦禍《せんか》の中にうめきながらむやみと威勢《いせい》のいいことばかり聞かされていた国民は、結局、その中で唯一つの「まこと」を親子夫婦兄姉弟妹が倚《よ》りあい、すがり合い、かばい合って行くことのみに感じていたのではないだろうか。

自らは明日をも知らぬ生命の危険にさらされながら、愛児を遠くへ疎開させていた私は、自分が死んだ後に子供が生き残ったところでどうなるのだろうかという不安にさいなまれどおしだった。

「おかあさん、お手紙ありがとうございました。今日から学校へ行きました。六年の四組で受持ちの先生は松土先生です。

お二階のお教室なのでとてもいい景色で涼しいです。特別に校長先生におあいして来ました。先生が体に気をつけてよい日本人になりなさいとおっしゃいました。もうお友達もできましたから御安心下さい。お父様によろしく、さようなら」

疎開先からの第一信であった。「八月二十三日発信、二十七日到着」と丁寧《ていねい》に書き入れて私のアルバムに貼《は》ってある。

「おとう様おかあ様お元気ですか。私は毎日元気です。昨日の夜おかあさんの声をラジオで聞きました。昨日は学校で草取りに行き、帰る時にパンをいただきました。それから近所のお家へごあいさつにも行きました。

毎朝顔を洗うのは井戸なのでとても気持ちがいいです。今日甲府《こうふ》は雨ふりでいやです。東京はどうですか。さようなら」

この葉書の貼ってある下に前に挙げた句が書き込んである。「子を遣りていく日夜半の虫を聴く」まさに母の衷情《ちゅうじょう》である。

母が句を作れば子もまた同じくその中に慰安《いあん》を求めたらしく、秋になってからの便りには、あどけない十七文字がしばしば綴《つづ》られて来た。

秋の雨静かに母へ手紙書く
秋空にくっきり見えて富士の山
疎開してはじめてむかえる明治節

「今日は雨ふりでたいくつなので俳句を作って見ました。わるいところは直して下さい」

たったこれだけの短い便りだのに封筒に入れたのは、初めての句作を発表するおもはゆさからだったのであろうか。

「おとう様おかあ様お元気ですか。私はとても元気ですからご安心下さい。（中略）今朝ラジオ体操を毎日やって下さる『ささの』という先生が春日小学校へ来て体操をやって下さいました。私たち穴切小学校の五、六年の生徒も参加しました。もしかしたらおかあ様やおとう様が、私たちが『よいしょこらしょ』

とかけごえをかけている声を、ラジオから聞いていらっしゃるかも知れないと思ってうれしくなりました。
こちらは昨日おとといごろはずいぶん風が吹いて、木の葉がいっぱい散って庭を掃《は》いていてもまた風が吹いて葉っぱが散ります。それを見てこんな俳句を作りました。

山風の吹くたびごとに木の葉散る

これから寒くなります。おとう様おかぜを引かないようになさって下さい。さようなら」

この幼女が、今に母よりも背丈が伸びて、何やかやと理屈めいたことなども、ちょいちょい口にするようにはなったが、疎開中に身につけた句作の楽しみはそのまま続いて、折にふれては即興詩をも、のしている。これは決してうちの子ばかりではなくて、日本各地の学童たちの中には苦しい戦争の間に家を離れ、親と別れて疎開したために、やるせない気持ちや、目新しい風物《ふうぶつ》に対しての感激や、さまざまの経験を丹念《たんねん》に日記に書き綴ったり、あるいは端的《たんてき》に俳句や和歌や詩に表現したりすることを生活の習慣にした者が多いにちがいないと思う。
今はもう見上げるように大きくなった息子や娘たちが幼ない身を遠く家から離れていたあの頃の雑記帳に、また家郷《かきょう》への通信の中に、大漁の景気のよさや、浜辺の日の出の美しさや、夕日の静けさが、句に写され、文に綴られており、それらの作品はいつまでも母たちの手箱《てばこ》の中に「たからもの」として蔵《ぞう》されていることであろう。

『親と子』要書房、一九五三（昭和二八）年

甲府の空襲

その後の手紙で、娘みどりと姪晴子（二人は実の姉妹）を心配した花子は夫儆三が止めるのも聞かず二人を大森に引き取った。結果からみると甲府も全国の中小都市と同じ空襲に見舞われ、かつての疎開先のお宅も焼けたので、引き取ったのは幸運だった。甲府市は一九四五（昭和二〇）年七月六日夜に空襲に遭い、市街地の七四％（七九％とも言われる）が灰燼に帰した。死者は一一二七名（男性四九九名、女性六二八名）、負傷者一二三九名、被害戸数一万八〇九四戸となっている。当時の人口は八万二五一五人で疎開者も多かった。

甲府駅近くの私の実家にも東京の高円寺から伯父・伯母・従兄弟が疎開に来ていて、焼け出されたが、皮肉にも東京高円寺の伯父・伯母の家は焼けなかったと聞いている。

私の実家は甲府駅前の平和通りに面している。一九〇七（明治四〇）年、山梨を襲った大水害で田畑を流された祖父が現北杜市の台ケ原方面から甲府に出てきて祖母と結婚した。そして、今の地に店を出した。甲府に中央線が引かれて四年経ったころのことである。そのころまだ甲府駅前には監獄が一八七四（明治七）年以来あり、橘町という町名（現・甲府市丸の内）が住所であった。正式には「甲府監獄署」である。さすがに駅前に監獄というわけにいかず、一九一二（明治四五）年三月に里垣村（現・甲府市朝気）に移転した。祖父はその監獄の道を隔てた角地に店を構えたので、当時の地番が橘町一ノ一番地であった。父はそこで生まれ、店の前は甲府城の西の堀端であり、子どものころは釣りをして遊んだという話を聞いている。

村岡花子がいた時も甲府城、西の堀はあり、その堀も一九二八（昭和三）年埋め立てられた。戦後まで埋め立てられたままの状態であったが、今の平和通り東側、それが昔の西堀で、戦後になって商店街がつくられた。売却費は城内にある謝恩塔（明治の大災害に皇室の御用林を下賜された謝恩）の建築費の不足分になったり、県庁の建築費になったとか。今も商店街が形成されているが、昔の堀の石垣の上に今の県庁本館が建っている。本館は内藤多仲（現山梨県南アルプス市出身で「塔博士」とも言われ東京タワーなどの設計者）設計。戦後の山梨英和の講堂（現チャペル）も内藤多仲が設計している。

戦後、「駅前通り」拡張計画で駅前通り西側の私が育った家の前も通りを広げるために家を下げて、今の道路のようになり、「平和通り」と命名された。かつて家の前に峡西電鉄（ぼろ電と言われたが今は廃止）も通っていたらしい。

祖父は空襲の時、米軍は「県庁（今の北別館）と甲府駅（一九二五［大正一四］年建設・一九八五［昭和六〇］年どこにもある商業併用の駅ビルに変わった）は焼かない」と言って、皆を逃がした後、自分は店に焼夷弾の直撃が落ちたのを見て、これまでと観念し、県庁に逃げたので助かったと言っていたそうだ。空襲の翌日、焼けなかった甲府駅に降り立った私の在学中の校長は甲府の西部を流れる荒川の土手まで（駅から五・六キロ）見渡せたと語ったことを印象深く覚えている。

作家の太宰治は一九三八（昭和一三）年九月に井伏鱒二の仲介で山梨県を訪れ、甲府市水門町《すいもんちょう》（現・朝日一丁目）に居住していた地質学者の石原初太郎の娘美知子と見合いし、結婚する。一九四五（昭和二〇）年三月には美知子や子どもの園子、正樹らと甲府に疎開し、七月六日の甲府空襲で石原家は焼失。焼け出された太宰一家は、甲府市新柳町（現・武田）の山梨高等工業学校（現・山梨大学）助教授の大内勇宅に身を寄せた。一九四六（昭和二一）年一一月に発表した『薄明』において大内家に滞在した空襲の記憶を執筆している。太宰はその後、故郷の青森へ再疎開し敗戦を迎えた。

村岡花子の大森の家は戦災で焼けなかった。戦時中、翻訳した『赤毛のアン』の原稿も助かっている。結果としてみどり、晴子も手元で保護できた。

1949（昭和24）年内藤多仲設計の講堂（現チャペル）

チャペル内部。中央のパイプオルガンは創立100周年記念として設置された

15　心の翼

台湾への講演旅行で教え子に遭遇

山梨英和女学校を辞めてから、結婚し、村岡花子名で雑誌に書き、本も出版し、ＪＯＡＫ（いまのＮＨＫ）のラジオ番組『子供の時間』（一九三二〔昭和七〕年から一九四一〔昭和一六〕年一一月まで）の一コーナー『コドモの新聞』に出演、「ラジオのおばさん」として人気を博し、寄席芸人や漫談家に「それではごきげんよう！　さようなら」と締めくくる言葉を物真似されるほどだった。このころ、翻訳作品を自ら朗読したＳＰレコードもいくつか発売した。

つまり、有名人になった村岡花子。

そんなころのことであろうか。台湾に講演旅行へ行ったことが「心の翼」という題名で随筆が残っている。

心の翼

〔前略〕

それにしても、台湾の旅は学ぶ所多いものであった。台北から台南へ直行する汽車が、新竹の駅で停車すると、窓の外に一人の婦人が立っていた。

「私は山梨英和の卒業生でございます」とその人は言った。昔、私はちょっとの間ではあったがその学校で教えた経験を持っている。

「××さんや××さんと同級で、私も教えていただきました」と言われても、申わけないことだが、どうしても眼の前に立つこの夫人の少女時代の面影を呼び起すことが出来なかった。学校を卒業して直ぐ赴任した女教師はまだまだ十分な教育者意識には目醒めていなかった。五年生などの中には自分より大柄な娘も居り、ともすれば反対にこっちが威圧されそうであった。そうした落着かない気分の裡に接した生徒たちに対しては、その少女がおとなしい少女であればあっただけ、私の記憶は薄くなっている。

新竹の駅頭で逢ったS夫人は女学生時代にもさぞ内気な少女であったろうと思われる、つましやかな人柄であった。

「先生がお憶えになっていらっしゃらないことはよく存じて居ります。けれども、私の方ではおなつかしくて、おなつかしくて、ゆうべからおちおち眠れないくらいでした。

こちらへ転任いたしましてから六年になります。郷里のことは一日だって忘れた日はございません。学校のこと、先生方のこと……先生のお書きになるものを読む度に、子供たちに『母さんの先生よ』と話しますんです」。

私は全く頭上に火を積まれるような思いがした。(S夫人よ、確かに私はあなたを忘れていました。あなただけでなく、あの時分教えた少女でまるで私の印象に残っていないひとたちがたくさんあります。けれど、私は、今日以後、あなたを、決して決して忘れません。東京を離れてここまで来た旅の途中で瞬間相見たこの朝の光景を、私はしっかりと脳裡に烙きつけて行きます)。

その翌々日の未明に私は再び新竹をとおった。よもやとは思いながらも、帰りのこの旅ではここに友ありとの気持が、自然に眼を窓外へ向けさせた。

「先生」と一言、そしてつと窓に寄ったS夫人にけさは御良人までも一緒だった。

「御機嫌よう、しっかりね。また来ます。こんどはもっとゆっくり出来るよう都合して来ますよ。そうしたら、あなたのお家の御近所の奥様たちにもおめに懸《かか》って、お話しましょうね」

うしろに立ったS氏の大きな体躯が頼もしく、小柄な夫人を護っている。

［中略］

とかく私どもの思いは小さくかたまり、一箇所に固定しようとする。

心の翼は飽くまでも高く遠く広く伸ばして行きたい。


『女子文苑』一九四一（昭和一六）年三月号、女子文苑社

これを読んで、有名になってからの村岡花子を知る卒業生世代を調べると、安中花子時代に教わった生徒は一九二三（大正一二）年卒業生までということになる。

一九三八（昭和一三）年『同窓会報』卒業生会員名簿の現住所で抽出してみると、台湾在住は三名。大正九年卒二名、大正一〇年卒が一名いた。この三名のうち誰かはわからない。しかし、旧姓志郁《しむらももよ》百代という大正一〇年卒業生が台湾生活が長いことが『同窓会報』でわかった。たぶんこの志郁さんがS夫人と思われる。

いずれにしても「心の翼」という題で自分の教師時代の教え子がこういう思いで自分に会いに来てくれたことを心に刻み、心の翼を高く、広く、遠くに伸ばしていきたいと結んでいる。

人生に刺さった一本の矢

「矢と歌」(H・W・ロングフェロー作)という詩がある。村岡花子も取り上げている。この「心の翼」に重ねて覚えておきたい。

矢と歌

私は大空に矢を放った
矢は私の見知らぬ大地に落ちた
飛び去る矢は余りにも早く
その行方を追うことはできなかった

私は大空に向かって歌を唱った
歌は私の知らぬ大地に消えた
その歌を追うことができるほど敏感で強力な視力を
持つ人はいなかった

幾多の歳月が流れ去り
一本の樫の木に、折れずにささっている矢を見つけた
そして、私のあの歌が

何も変わらずそのまま、
友の心に宿っていたのを知った

The Arrow and the Song – H. W. Longfellow

1. I shot an arrow into the air,
It fell to earth, I knew not where;
For, so swiftly it flew, the sight
Could not follow it in its flight.

2. I breathed a song into the air,
It fell to earth, I knew not where;
For who has sight so keen and strong,
That it can follow the flight of song?

3. Long, long afterward, in an oak
I found the arrow, still unbroke;
And the song, from beginning to end,
I found again in the heart of a friend.

『英米名詩集　英和対照』原書房、一九六五（昭和四〇）年

村岡花子を台湾の新竹の駅頭で待っていた卒業生こそ一本の矢が刺さった一人だったのかもしれない。花子の授業や授業以外の言葉、学校生活の中から漏れ出るもの、そういう中で、教員としての花子は生徒の心に残る先生であったのだろう。花子から出た矢を心に受けた志郁百代だったろう。

花子には次のような随筆がある。

日本人の記憶力

〔前略〕

婦人会やPTAへ講演にいくとお母さん方が、

「わたしたちが、こどもの時分にしじゅうお声を聞きました」という。

「あのさようならが、いつになっても忘れられません。なつかしくてなつかしくて…」という。どこへいっても必ず誰かが、もう今は二十六、七年も昔の頃までやっていたこどもの新聞の放送の話をする。

あれは昭和七年の六月一日からはじまったものだが、その六月一日の晩が日本の放送史上でこどもたちに向ってニュースを報道した一番はじめであった。

昭和十六年まで続いて太平洋戦争の勃発一週間前でわたしは退場した。今でも覚えているが、あの十二月八日の前日、七日の日曜日に東京都内は海軍の水兵で一杯だった。どういう訳だろうか？　と都電に乗っても町を歩いても不思議に思ったものだ。

その翌日が真珠湾奇襲であった。そして月曜日でわたしが放送にいく日であった。朝まだベッドにいた時分に、臨時ニュースで真珠湾攻撃のニュースと日米開戦の報道があった。わたしはベッドの中でもうこどもの新聞からは、わたしは退場だと決心した。

戦争は国の一大事だから必ず報道されなければならない。けれどもわたしのようにアメリカ人に沢山友だちを持っており、英国人、カナダ人に恩師を持っているものとしては、とてもその放送には耐えられない。彼らがどんなに平和を願っていたか、それはしじゅう彼等からくる手紙でもわかっていた。互いに風雲が事なくして治まるようにと願い祈っていた甲斐もなくこの始末である。

もうわたしはおしまいだと決心したのである。

そうこうしているうちに放送局から電話で今晩のニュースはたいへん勇ましいので、男の人の声でしますから、今日はおでかけにならないようにという電話がかかってきた。

受話器をおきながら電話の前で、わたしは「わたしももういきません」と一人ごちした。それが最後で、それ以来戦争の終った時まで、殆んど放送には取りたてて出なかった。つまりわたしは戦意昂揚する人間ではないと見込まれたらしい。

戦争が終ると間もなく民主主義とはどんなものかということを、病気で静養地にいっている母親から東京の家にいる小学生の娘に手紙で語ってきかせる、という想定のもとで創作して放送して欲しいという頼みがあった。本当に久しぶりだった。

その放送がすんだあとで、ある大学生から手紙がきた。「久しぶりでお声を聞きました。遠くの親類の小母さんが訪ねてきてくれたような、なつかしさと嬉しさを僕は覚えました」という手紙がきた。こんな意味でいまだに老若男女からこどもの新聞の話を聞かされる。ついこの間も瀬戸市の森さんという人から手紙がきてこの間わたしが趣味の手帳でこどもの新聞当時のことを放送したのをきいて「大へん嬉しかった」というあたたかいお手紙がきた。森さんの近所に住んでいられる、陶芸家田沼起八郎先生にそのことを話したらば、「わたしが花瓶をつくってあげる」とおっしゃったからそれをお送りしますというのであった。

それは黄土色の細長い花瓶でわたしが放送のあとにいつもいった「ごきげんよう、さようなら」という言葉が焼きつけてあった。その花瓶は何ともいえぬ風情と気品のある作品で以来、わたしの身辺から離さずに観賞している。

「ごきげんよう、さようなら」というのは、わたしの放送を聞くこどもたちの中に病気で死ぬ子があったりするので、そのお子さんのことをお母さんが詳わしく手紙にかいて下さり、わたしのことをああいっていた、こういっていたと報じて下さるので、わたしは毎晩放送をする時に、どうぞ今夜これを聞く全国のこどもたちが一人残らずあしたもすこやかに聞いてもらいたいと、心から祈らずにはいられなかった。その祈りの心を何とか短かい言葉で現わしたいと考え考えた末に「ごきげんよう」の一言をいうようになったのだ。

一番はじめは「さようなら」だけだった。だんだんに月日を重ねていくうちに、こどもたちとわたしとの間に強いみえない糸が結ばれてきた。その糸が時々ぽつんときれる。その時の悲しみは何んともいえないものであった。

「どうかみんな丈夫で元気でね」という願いが「ごきげんよう」の一言になったのだ。そのことを放送したのだが、森さんがこんなに感じて下さったのは身にあまる光栄である。

昔、わたしは短かい英詩をよんだ。その意味は、「ある日わたしは森の中で矢を放った。その矢がどこにいったか行方はわからなかった。長い後に、あるかしの木にその矢がささっていたのを発見した。ある日わたしは一つの歌をうたった。そのうたの行方はどこだか少しもわからなかった。長い歳月の後にその歌がはじめから終りまである友の心に生きていたのを発見した」というのであった。

わたしはわたしの放送に対する日本中の人々の記憶にしじゅうぶっつかるのだが、そのたびごとに思い出すのはロングフェローのこの詩である。そして人生のたのもしさというものをしみじみと感じる。

［中略］

全くあの当時わたしを力づけたのは全国の幼い人たち——といっても幼稚園の年頃から中学生、ひいてはその人達の親御さんやおばあさまたち——であった。そしてそれがいまだに日本の人たちの心の中に残っていて、随時、昔のことばをくりかえされるのを聞くと古い英詩を今更のように思い起すのである。

『甘辛春秋』一九六八（昭和四三）年
夏の巻、鶴屋八幡

花子が教えた大正時代の山梨英和の生徒たち

この随筆のほうが「矢と歌」のロングフェローの詩を理解しやすいかもしれない。私たちのまわりにも、一本の矢が刺さった人がいるだろう。でもそれは良い矢かも知れないし、心を傷つけた矢かも知れない。

人は生きていることで他人を傷つけている一本の矢かも知れない。罪を背負って生きていくしかない。

日本の植民地時代の台湾の鉄路（片倉佳史『台湾鉄路と日本人――線路に刻まれた日本の軌跡』交通新聞社、2010年より）。「台北」「新竹」「台南」の文字は筆者加筆

16 「矯風会《きょうふう》」活動

機関誌『婦人新報』への寄稿

戦前には、どのミッションスクールの女学校にも「矯風会」が存在していた。矯風会自体は今もあるが、学校の中にはない。今は一九〇五（明治三八）年津田梅子によってはじめられた女子青年会（ＹＷＣＡ）のほうが多いかも知れない。現在、矯風会は正式には公益財団法人日本キリスト教婦人矯風会（Japan Christian Women's Organization）と言い、東京都新宿区百人町に本部を置く。一八七〇年代のアメリカ合衆国で、禁酒運動を大々的に展開していたプロテスタント系の禁酒運動婦人団体「女性キリスト教禁酒連合（Women's Christian Temperance Union）」の日本支部として、矢嶋楫子《やじまかじこ》らが一八八六（明治一九）年に設立した女性団体である。矯風会は全国組織であったが、戦前は学校内にも「矯風会」があり、今の生徒会活動のように活発だった。入るのも活動するのも自由だが、教員も会員として活動していた。

山梨英和創立直後からアメリカ帰りの理学士として山梨英和女学校の教員であり、大正時代には辞めて郷里神戸で活躍していた渡辺常子も「矯風会設立三十五年を迎へし神戸支部」活動を『同窓会報一九三〇年』で報告している。花子も会員として、機関誌『婦人新報』に投稿していた。一九一九（大正八）年発行の『婦人新報』では「美しい家族」を家庭読みものとして翻訳連載していた。

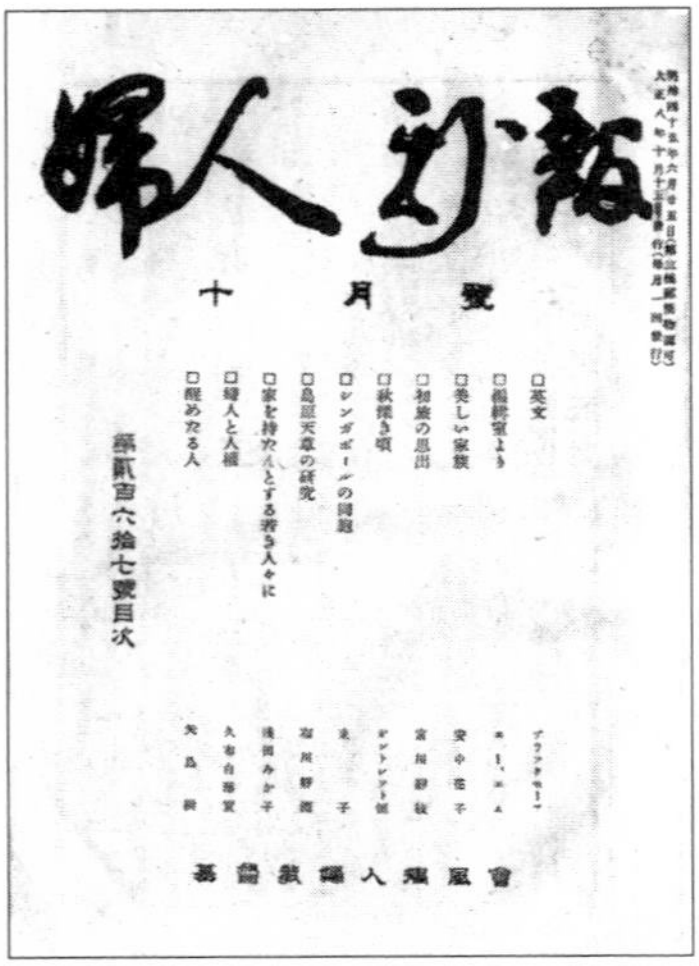

『婦人新報』1919（大正8）年10月号

また、山梨英和二代目校長でもあり、東洋英和で一〇年間花子を教え、花子が一番お世話になったブラックモア先生もFUJIN SHINPOと題して英文を寄せている。

花子は山梨英和を辞めて結婚するまで、矯風会（赤坂新町）の二階に部屋を借りて住んだ。安中花子姉として部屋代二円が一九一九（大正八）年一〇月号『婦人新報』に載っている。当時の言葉で女中給料四円、女中食費六円、給仕手当五円と載っているので現在のお手伝いさんを一五円で雇っていたことがわかる。花子も部屋代の他食費を払っていた。

山梨英和を辞めて結婚した後の一九二一（大正一〇）年の『婦人新報』では、村岡花子として童話「鈴蘭草」を創作して書いている。

花子は東洋英和在学中の一九一〇（明治三三）年ごろから、一九三五（昭和一〇）年まで「文書部長」として、次の人に引き継ぐまでの約二五年間、この雑誌に関わったという（藤沢陽子「花子とアンと矯風会」『婦人新報』第一三四五号参照）。

学校内でも矯風会活動は盛んで、矯風会がこの時代熱心に取り組んでいたのが禁酒・廃娼運動であった。ただ矯風会のことについて花子は随筆には書いていない。

山梨では昭和にかけても特に廃娼運動は盛んで「公娼制度廃止請願書」も活発に署名活動が行われた。『同窓会報一九三二年』に、広瀬（田中）八十路《やそじ》（明治三八年卒、その後東洋英和の高等科に行き、大正五年まで

山梨英和1916（大正5）年卒業写真。後列左端・花子
左上の丸の中の人物・広瀬（田中）八十路が結婚で辞めた年

山梨英和英語教員として花子と三年間同僚であった。昭和になって同窓会誌編集責任者）が以下のように報告している。

山梨では四年間の具体的運動によりまして昨年議会を通過いたしましたことは皆様御承知の御事と存じます。之が為には新たに選出された小宮山清三氏が大いに御力添へ下さいました。氏は同窓生小宮山いほ子姉の御主人です。姉を通じて感謝する次第です。然し建議案は適当なる時期においてと言う事です。尚、適当の時期がいつ与えられるか誠に心細い話です。それ故私共婦人矯風会等は之が促進運動を本年の県会に向けて否県知事に向かって働きかけようと息込んで居ります。［中略］

最早廃娼県となりし県は日本にて

二県、決議県となりしは十一です。山梨はその第十一番目の県です。およろこび下さい。

花子は戦後一九五七（昭和三二）年の売春防止法制定にも尽力していた。

当時の遊郭の共同無縁墓地。甲府の横沢通りの慶長院に今もあり、お寺で篤く供養している

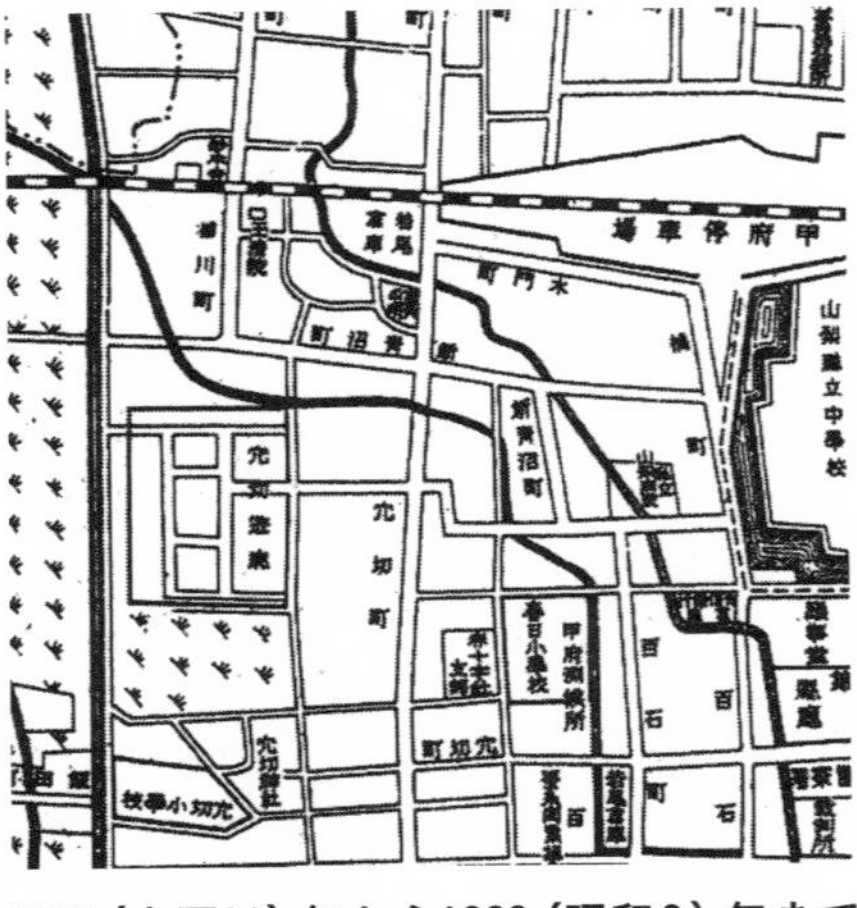

1922（大正11）年から1928（昭和3）年までの甲府を地図にしたものに「穴切遊郭《あなぎり》」とある（『ふるさとの想い出写真集　明治・大正・昭和　甲府』国書刊行会刊）

17 『爐邉《ろへん》』出版

自著出版への思い

村岡花子は生涯にたくさんの随筆本や翻訳本を刊行し、また、雑誌にも多く取り上げられた。それらの出発点となったのが一九一七（大正六）年に出版した短篇集『爐邉（炉辺）』だ。これは山梨英和女学校教員時代、日本基督教興文協会（現・教文館）から出版された。今からみてもとても重要な本である。

初めての本

私はいままで自分の処女出版は二十四歳のときだと思っていた。山梨県甲府の英和女学校で教師をしていたころ、東京のキリスト教興文協会といういかめしい名の出版会社から短篇集『爐邉』という本を出したのがそもそも私が本を書いた初まりだと、記憶していた。

当時『少女画報』という雑誌があり、それに甲府から少女小説のようなものを書いていたし、また植村正久牧師の主宰していた『福音新報』に毎週短篇を執筆していたのをまとめたものであった。

この本を出したのがキッカケで私は東京に招かれ、教文館で婦人と子どものための出版の仕事をするようになったのだ。むろん、結婚前のことであり、その教文館へいったのが元で、教文館のとなりの（現在は日本聖書協会）福音印刷株式会社専務であった村岡儆三と結婚することになったのだ。

こんなわけで私はいまのいままで自分の処女出版は『爐邉』だとばかり思っていた。

ところが、今夜古い書類をかたづけていると、ふと『さくら貝』と題した小型の本を発見した。それは大正三年に発行された歌集であり、数名の少女たちの出資によって出版されたもので、私もその出資者の一人であった。

厳密に言えば、これが私の初めての本なのである。なんとかわいらしい本であろうか。そしてまた、なんと私はだいたんな娘であったことだろうと、驚き入った次第である。

こわごわ、中をのぞいて見ると、そこには私の歌がのっている。

「ひな菊」というペンネームを使っている。私は今夜、そのペンネームの横へ「安中花子」と昔の自分の名をしるした。「東の間」と題した一連の歌がある。（旧かなづかいに依る）

　をみななればひいなの如もつつましうわが世果てんを則《のり》と思ひぬ

雛のようにおとなしく一生を生きるのがきまりだと思った、というのだからこの歌を詠んだときは既にそうは思わなかったらしい。

　ただしばし我を忘るる喜びのその東の間に死なましものを

　わがために泣きたまふ人住める世ぞ涙ながさでほほゑみてあらん

雲近き峯のいただきあめつちに心のままのわれをおぼえぬ

あの時分、私はおりおり山にのぼった。高い山の上で精いっぱい自分の存在をほしいままにしたような感じがしたのであろう。

「あめつちに心のままのわれ」などと言ったのである。

こんな少女らしい歌の中に、なにか新しい自分を見出したような気がして、今夜は私としては珍しい若い日への追憶に落ちこんだのである。

あのころの烈しい気持をそのまま生きたなら、あるいは全くちがった道を歩んだかもしれない。家庭の主婦となり子どもを育てながらもぽつりぽつりと文筆にしがみついて、今日まで来たのだが、まったくちがった生活がどこかに私のために用意されていたかも知れない。しかしただ一度しかとおれない道である。結局はとおって来た道でいいのだ。追憶にふけるなどということは私のがらにもないこととみえて一向に考えはまとまらない。

『生きるということ』あすなろ書房、一九六九（昭和四四）年

『爐邉』の「はしがき」には花子のこの本に対する熱い思いが綴られている。

今から四年ばかり前、私が東京の母校で修学いたして居りました頃、或る米国の人が、折柄私の読んで居りました「母様キャレーの雛鳥」(*Mother Carey's Chickens*) という小説を見て、

『日本にはこういうように父母も子供も一緒になって楽しむのに適当した読物が少ないように思われる。

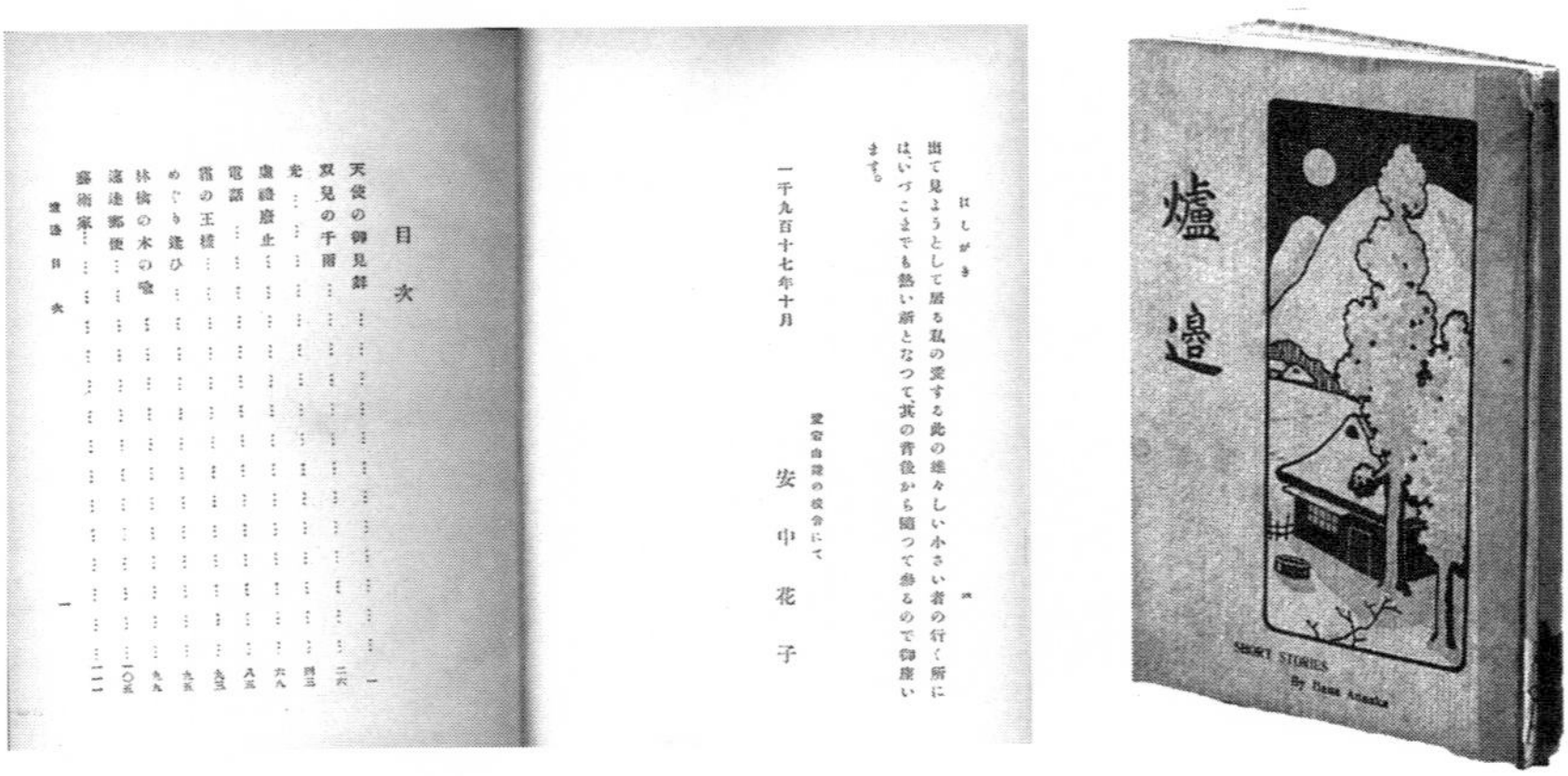

『爐邊』初版と「はしがき」「目次」部分

今後の日本にはこういう種類の書物が盛に表われるようにならなければならない。』と話されました。

其の時分、私の此の小さな胸に湧き出でた祈は、今もなお消えずに私を励まして居ります。それは自分も愛する母国の家庭にそういう性質の読物を献げる一人になりたい、どうぞ弱い器をも其の為めに用いて頂きたいという祈で御座いました。姉も妹も父も母も一緒に集って声出して読んでも、困る所のないような家庭向の読物がたくさんに此の日本にも出版されるようにとの祈で御座いました。

此所に収めた十三篇も、そうした考で、あちらこちらから選び出したものを訳したので(一つは私自身の作)御座いますが、或は平凡に過ぎるとの譏《そしり》を受けるかも知れませぬ。然し、私は『平凡』という事は強《あなが》ち恥ではないと思います。寧ろ貴いものだとも考えます。

唯自分の『平凡』が頗る《すこぶ》垢抜けのして居ない『平凡』である事を悲しみます。洗練された『平凡』。それは直ちに非凡に通ずるものであると思って居りますから。

甲斐の山国の一隅に今年で三度目の冬を迎えようとして居る私が、此の二年の間の折々に綴った筆の跡、こうして一つにまとめて見れば、今更のように自分の未熟さが感ぜられて、情なく思われます。けれども此の未熟な筆の跡も、やがて之よりも、円熟した境地に達する道程だと思う時、それを一つの形に盛って残して置きたく願うたので御座います。

初めて広い世間へ出て行く私の小さな書《ほん》！其所には様々な心を懐いた様々な人が居って、各々異《ちが》った思で、此の書を手にして下さる事でしょう。

別々な要素と、別々な考とを持った、其の様々な人々の心に、此の弱い私の声が何を囁《〔ささや〕》けるので御座いましょう⁉。

然し、私は大胆に申します、

『行け！私の小さな書よ、行け！』と。

そしてかよわい翼を勢一杯《せいいっぱい》に張って、限りなく広い大空へ兎も角も出て見ようとして居る私の愛する此の雄々しい小さい者の行く所には、いづこまでも熱い祈となって、其の背後から随《〔したが〕》って参るので御座います。

愛宕山麓の校舎にて

安中　花子

一千九百十七年十月

『爐邉』日本基督教興文協会、一九一七（大正六）年

炉端の味

次に『爐邉』の題名にもなった爐（炉）の周りで食べた甲州名物の「ほうとう」についての名随筆を紹介しましょう。

ほうとう

私は山梨県《やまなしけん》の生まれなのだが、小学校入学以前に一家をあげて東京へ移ったのでほとんどなにも記憶がなかったのだが、学校を卒業後、甲府《こうふ》の英和女学校で教えたので、故郷を再認識したようなわけである。

生徒は甲府市内の在住の人以外はみんな寮にいた。ミッション・スクールなので土曜日は休日だった。その代わり日曜日には全校そろって教会の礼拝に出席した。金曜日の放課後から土曜日終日が外出日なので、このときに生徒たちは郡部の自宅へ帰るのだった。

ときどき招かれて生徒の家へいった。こんなことは東京の学校ではなかったのだろうが、甲府ではすくなくとも大正年間には生徒が先生を自宅へ案内するのは珍しくなかった。

村の夜はたのしかった。そこで私は初めて「ほうとう」というものを食べた。うどんと同じ材料で作るのだろうが、太くて、ぶつぎりにしてあった。葱《ねぎ》だのほかの野菜だのといっしょにグツグツ煮て食べるのが、うどんとはまたちがった味がしておいしかった。

冬の夜、一家がだんらんして、大きな鍋から、ほうとうを給仕《きゅうじ》してもらって食べたことは忘れられないなつかしさである。

甲州《こうしゅう》の人は「おほうとう」といっていた。なぜそんなに敬うのかわからないけれど、東北の人たちが「おいもさん」というのと同じであろう。食べものを大切にするのはいいことである。

湯気《ゆげ》の立つ大鍋をかこんで食べたほうとうの味、みんなふうふうさましながら食べた。

農村の人たちの大食も私を驚かせたものの一つだった。いっしょにいった生徒は家族の素朴さをすくなからず恥じていた。彼女は家族をもう少し静かにさせたいらしく、心を使っているのが、目にみえてあわれだった。私はそんなことはいっさい気にかけていないのに、母の甲州弁も、父の大声も、なにもかもが恥ずかしかったらしい。そんなことはなんでもないのにと、私は考えた。けれども娘の身になったら、そう平気ではいられなかったのだろう。

東京で暮した長年のあいだに、私はまだほうとうを食べない。つくるのは簡単なことだけれども、あいう郷土料理はそのふるさとでなければ、おもむきがないのだろう。都会で暮していると、しいて食べたいと思わない。それにもう今は実家の両親も世にないので、自分の子や甥や姪はみんな東京生まれで、郷土料理について余り興味もないらしい。

口には味わうことはないけれど、私はほうとうのことをしばしば考える。

甲州出身の人たちといっしょになると、いつか話は「おほうとう」の上に集まる。誰もかれもが、あたたかい炉辺の冬のまどいを思い出す。

台所では忙しくきざみものをする音がしており、やがて大鍋いっぱいのほうとうが運び込まれる。

こんなとき、私はいつもお客さまなので、炉ばたにすわったままである。私を招いた娘は台所と茶の間のあいだを行ったり来たりしていながら「先生」のもてなしに気をくばる。その先生自身が生徒と余り年のちがわない若さなのだから、なんともいえないおかしさである。

じっさい、学校を卒業したばかりの先生と、赴任《ふにん》していった女学校の最上級生とでは、年のへだたりはわずかなものであった。それでも「先生」は「先生」なのだ。もったいらしく生徒の家に招かれてその家の炉ばたにちんまりとすわり込んでいた私という人間を、今、思い返すと、必ずそこには「おほうとう」が出てくる。なんとも言えないなつかしさがからだじゅうにみなぎり、それが口元にまで寄せてくる。ふるさとの味とでも言うのであろうが、たちまち、私は遠い昔に返るのである。

『村岡花子エッセイ集　曲がり角のその先に』河出書房新社、二〇一四（平成二七）年

村岡儆三と結婚し、一人息子道雄が生まれたが、五歳の時、疫痢で急死した。それを乗り越えるため片山広子が以前勧めてくれたマーク・トウェインの *The Prince and the Pauper*（『王子と乞食』）を訳すことに専念した。そして翻訳は平凡社の世界家庭文学大系シリーズに取り上げてもらえることになった。

山梨出身の前田晁夫妻にはこのシリーズに取り上げてもらえるよう尽力してもらったり、いつも支えられた。前田の妻はペンネームを徳永寿美子と言い、本名は前田ひさの。寿美子は晁と結婚する前から才媛として有名であった。晁はなんとしても結婚したいと手を打ったので、寿美子は娘に「意地でもらわれてきた」と父のことを語っている。子ども五人のうち長男・長女二人を疫痢で亡くしているので、悲しみを紛らわすため、夫に勧められて童話を書き始めた。一九二〇（大正九）年初めて『薔薇の踊り子』を発表しペンネームを自分の好きな漢字を組み合わせてつくった。寿美子の作品は創作童話四〇冊、海外や日本の名作を全集用に書き直したものをあわせると八〇冊に及ぶという。

村岡花子はこの夫婦には童話の出版や翻訳のことなどずいぶん助けられたようだ。

18 甲府を去る

「創立三〇周年記念音楽会」に出演

花子のいた最後の年、一九一九（大正八）年三月二七日に、山梨英和女学校「創立三〇周年記念音楽会」が開かれた。この後、花子は山梨英和女学校を辞す。

創立三〇周年の音楽会で、花子はエルガー作曲「雪」の三部合唱を三人でした。きっと音楽を担当していたアリス・ストラード先生に指導を受けたことだろう。

アリス・ストラード先生はこの音楽会でピアノ独奏と声楽独唱をしている。花子たち、三部合唱の三人のうち山田すゞ代は教員ということがわかったが、向山清子は生徒でもなく、旧教職員名簿（一九九九［平成一一］年作成）にも載っていない。このプログラムが載っている『同窓会報大正九年』以外の学校記録がないのでわからない。たぶん花子と一緒に就任した教員だろう。

一〇〇頁で紹介した随筆「静かなる青春」のつづきで、山梨英和女学校を辞める心の内が語られている。

音樂會は左のプログラムに從つて萬事滞りなく執行された。

第一部

一、オルガン獨奏（僧侶の進行曲 モツアルト作／オレトリオ救世主一節 ハンデル作） 今村とし子
二、二部合唱（來よ暖かき春 ガイベル作） 細田はる・早川とく・山本花枝・白石つぎ
三、ピアノ獨奏（ソナタ、オプス三十一 ベトーベン作） ミス、ストラード
四、ヴアイオリン獨奏（バランデとポロネーズ ビユーータム作） 蜂谷龍子女史
五、獨唱（森の聲 ルビンスタイン作） 吉岡秋子
六、合唱（わが牧者 スマート作） 四、五年生
七、英語對話（「シーザー」一節 シエキスピーヤ作） 五年生

第二部

一、獨唱（故郷の夢 ルーギアルヂチ作） ミス、ストラード
二、オルガン獨奏（懐しき紀念 メンデルソン作） 白石つぎ子
三、三部合唱（「雪」 エルガ作） 山田すゞ代・安中花子・向山清子
四、ピアノ獨奏（「海の曲」 マクドエル作） ミス、チヤペル
五、ヴアイオリン獨奏（ジーメーデアノのソナタ ルビンスタイン作） 蜂谷龍子女史
六、獨唱（エルサレム メンデルソン作／天國 ウウエ、ン作） 山田すゞ代
七、合唱「ラ ラ バ イ」 四、五年生

創立30周年記念音楽会プログラム
（1920［大正9］年山梨英和女学校『同窓会報』より）

静かなる青春（つづき）

甲斐の山国では東京からの若い先生という者は、かなり人目についたらしい。生徒のお母さんたちの中の世話好きの人が、時々縁談を持ってきてくれるのには困ってしまった。学校の応接間でしかつめらしい顔をして対座していたそういう人とのあいだの対話が「どこそこの村の物持の息子さんでW大学を卒業して、お百姓が嫌いだから、財産を分けて貰って好きな文学を楽しんで行こうとしている人はどうでしょう」だの、或は「アメリカで一財産作って帰朝した人が、英語の出来るお嫁さんを連れてまたあっちへ行きたいと言っているが、どうだろう」とかいうようなものだったということを、当時の校長が知ったなら、どんな顔をしただろうと、私は今でもおかしくてたまらない。

この校長は石坂洋次郎氏の「若い人」の中に出ているミッション・スクールの校長に彷彿たるものを持っている老婦人で、初め、私はあの小説を読んだ時に学校の所在地がまるきり違った方面だと承知しながらも、自分の教えていた甲府のあの学校のことを書いているのではないかという錯覚にしばしば捉えられたくらい、あの校長は私の学校の校長に似ていた。

私が自分について最も意外に思っていることは、こうして現在まわりから「村岡先生」などと「先生」づけで呼ばれるようになっていることである。そうしたしかつめらしい態度とは凡《およ》そ縁遠い自分の性格であったし、また、うそにも理屈めいたことなんか言えない私だったのだけれど、水の流れと人の身の上は、全くわからないものである。

けれども、この私がほんとうに文字どおり「先生」として対し得る人々がこの世の中に幾人かは住んでいるのだと思うと、私はぼうっと、身体中が熱くなって来る。

甲府は私の生まれ故郷であり、また青春時代を過した土地でもあるので、今でも度々出かけて行くのだが、あそこだけにはたとえ僅かの間とは云え私が教えた人々――「教え子」――がいるのだから、空恐ろしい気がする。

学校を卒業してほやほやの"girl teacher"の私が受持たされた五年生には、実のところ「先生」の方が威圧された形であった。その当時ではまるで友だち同士のようで、押しの利かないことおびただしかったのだけれど、現在になると、流石に私もいっぱし「旧師」のような顔が出来るところまで、とにかく恰好だけはつけることを憶えた。

［中略］

こんなわけで、私は日本国中で甲府の地へ行くと、自分が「先生」と呼ばれることについての責任を非常に強く身にこたえて感じる。

今となればこんなになつかしい甲府時代ではあるけれども、その当時は実をいうと、寂しくてたまらなかった。読むことと、書くことよりほかには楽しみのない生活、そうして縁結びが使命ででもあるかのように、こんな人はいかが？　あんな人はどう？　縁談ばかり持ってくる中年婦人たちの、結婚という人生の大きな事実に対する安易な見かたに、極度の反感をいだいて、とうとう私は結婚嫌悪症にかかってしまったらしく、お嫁になんかいくものかという気持でいっぱいになった。

どっちを向いても山ばかり、山を愛する私でありながら、その山々があまりにも重苦しく感じられる時もある。「息苦しい、息苦しい」と叫び出したくなるような不自由さが時々私を圧迫した。

そのころからぽつりぽつりと私は童話を書くことを始めていた。小説を書きたくてもどうして書いていいのか、まるで見当がつかない。けれど何か書かずにはいられない衝動が、童話を書かせたのであった。そうして、童話ともつかず少女小説ともつかない物語をよく少女画報から頼まれて書くようになった。その時分の少女画報は少女雑誌の中では一番売行のいいものであったろうか、生徒たちは「うちの学校の先生が書いていらっしゃる」というので、争ってその雑誌を読んだ。

雑誌社のほうでも私が女学校の先生であるということを利用して、わざわざ甲府まで写真をとりに来たりしたので生徒たちはいよいよ大喜びして、おかげで私の机の上にはいつも少女たちの持って来る花束が絶えなかった。

けれども、周囲の人々とちがったことを考えている者の歩みは寂しい。私は若い時のことを思い返すと、いつも満たされない孤独感のみが心に返って来る。

然し、この寂しい時代があったればこそ、広く読書もし、深く思索することも出来た。それから後の生活を考えて見るとずいぶんあわただしい生活であり、忙しい月日の連続であるけれども、若い年月をみっしりと思索して過したことは結局幸いだったと思う。

［後略］

『心の饗宴』時代社、一九四一（昭和一六）年

『少女画報』1917（大正6）年7月号

花子は山梨英和女学校へ赴任したことを「初めて仕事を持ったころ」（五一頁）に書いていたが、その後半に甲府を去るいきさつが書かれている。

東京築地にある日本基督教興文協会（のちに銀座の教文館と合併）のほうから誘いがあり、東京に出ることに

なった経緯である。

初めて仕事を持ったころ（つづき）

［前略］

そうこうしているうちにある日、校長あてに東京のあるキリスト教出版の責任者であるイギリス婦人から一通の電報がきた。それは私をその出版事業のほうに欲しいという電報であった。

私は甲府にいても東京のキリスト教関係の雑誌に書いていたし、そのころは生涯の作品としてキリスト教文学の道を行きたいと考えていたので、この招きをいい幸いとそれに応じて東京へ帰った。

こんなことで私はそのイギリス婦人の築地の家で彼女といっしょに暮らした。そこで私は英国人が紅茶を飲むことをほとんど毎日の儀式のように考えている習慣をも知った。

午前十時と午後三時。その築地のそれは編集室でもあったので、私たちは毎日いっしょに仕事をしていたのだが、朝十時には必ずメイドがお茶のおぼんをささげて編集室へはいってくる。パンは薄く薄く切ってトーストにして、マーマレイドやほかのジャムを添えてくるのが普通であり、ときどきは簡単なクッキースのこともあった。

どんなに忙しくても、このお茶を日に二度、欠かしたことはなかった。見馴れた人と勿体らしく向き合ってお茶を飲むのだが、それを毎日神妙に繰り返していた。

私の前任者は森田松栄さんといって山川均氏夫人の妹さんだった。この人がやめるので私に白羽の矢があたったのだが、非常に晩婚の人でその仕事をやめてから結婚されたが、その後大病にかかって断食療法を深く信じて実行し、そのためかどうかはわからないが、文字どおり骨と皮ばかりになって永眠された。

私のキリスト教文学一辺倒はその後変わった。ただ健康な読みものを若い人たちにという願いだけは生涯の仕事となった。健康な読みものが何かの意味で宗教的のものを持つことだけは信じており、広い意味でその道を追ってきた。

『随筆サンケイ』一九六四（昭和三九）年三月号、産経新聞出版局

築地明石町にあった日本基督教興文協会
（教文館提供）

『随筆サンケイ』1964（昭和39）年3月号

村岡儆三と結婚

ということで、教員を辞めた花子の運命はここで大きな出会いを迎える。それが、教文館の隣にあった「福音印刷株式会社」銀座支社の村岡儆三との出会いであった。

バイブル

国民協会の村田常務理事と食卓が隣り合った。村田さんは私の義弟村岡潔と名古屋の八高から大学での同級生だそうである。

名古屋の高等学校で初めて村岡潔に逢ったときのことを村田さんが話して下さった。

「君はどこから来たんだ?」義弟は、

「横浜」とぽつんと答えたそうです。

「それじゃあ、バイブルの村岡さんだね?」

「うん」

ぽつりぽつりと答えるところはいかにも潔さんらしい。高等学校を了《お》えて大学へ移ってから暫《しばら》く大森の私たちの家からかよっていたが、実に無愛想の人であった。無愛想というよりハニカミヤだったのかも知れない。

ところで、「バイブル」の話だが、村田さんが私の義弟村岡潔を横浜から来たと聞いてすぐ「バイブルの村岡さんかね?」と言ったのは、きわめて自然のことで、明治から大正にかけてキリスト教の聖書と賛美歌は私の夫儆三の父親、村岡平吉が印刷していたのである。

潔の兄徹三と斉の二人が父の事業を継いで横浜と東京に福音印刷株式会社を経営した。関東大震災後二年までの聖書と賛美歌はすべて村岡が印刷人となっている。

村田さんが「バイブルの村岡さん」と言ったのは尤《もっと》もなことで、村岡平吉は一代にして福音印刷株式会社をおこし、インド、支那、フィリッピンのバイブルも一手に引受けて印刷していた。しかも、その事業は彼のキリスト教信仰と共に創《はじ》めたものであり、平吉にとっては事業即ち信仰、信仰即ち事業であった。

私が儆三と結婚してまもなく会社は創立二十五年を祝った。そしてその翌年が大震災であり、このとき父は既に他界していた。私たち夫婦の苦難はそれからだった。横浜の会社をあずかっていた弟の斉はあの九月一日の正午、会社の社員七十名あまりといっしょに死に、私の夫は銀座の現在日本聖書協会の立っているところにあった、福音印刷会社本社にいたために生き長らえたが、あの夜一晩かかって大森の自宅まで歩いて帰ったあとで、銀座の会社は焼けおちた。

〈汽車は出ていく煙はのこる〉

の唄ではないが、

〈つみ荷は焼けたが、負債はのこる〉

というわけで、関東大震災後二年間、私たちはほんとうに力を合わせて奮闘した。

けれど私はこんなことを書くつもりではなかった。私は舅の村岡平吉という人がおもしろい人物だったということを書きたいのだ。夫の母親は早く世を去り、子どもらは父の手で育った。

結婚してすぐ横浜の久我山墓地の村岡家の墓地にまいったが、そのとき、「村岡ハナ子の墓」という墓碑が立っていたのでどんなに驚いたことか、いまだに忘れないそれは平吉の妻の碑であった。

ときどき横浜の会社へ父を訪ずれたが、そんなときの喜びかたといったら、形容の出来ないほどであった。私を"my dear"と呼ぶのには閉口した。「大事な嫁だ」と言って社員に紹介し、太田町の家へ行って待っているようにと人力車に乗せてくれるのであった。

その舅は大正十一年五月に世を去った。会社創立二十五周年を祝って間もない頃であった。二十五年の事業が烏有〔うゆう〕に帰するのを見なかったことが彼の最大の幸福だと私は思っている。(三九・十一)

『生きるということ』あすなろ書房、一九六九(昭和四四)年

安中先生送別会

そして、山梨英和女学校では安中先生の送別会が行われることになった。そのことが「時計」という随筆に書かれている。

時計

かわいらしい天使が右左から支えている小型の置時計《おきどけい》が、今私の机の上で、チック、タック、ひそやかな音を立てている。

この天使の顔をずいぶん長い年月、ながめてきた。それに支えられている時計の顔も、そしてその時計の顔のまわりにめぐらされた薔薇《ばら》の花わも、すべて見馴れたものである。

今住んでいる私たちのこの家へ移らない前、川べりの道にずっと植えられた桜並木の終わったあたりの細い道のつきあたりの、これよりももっと小さな家を借りていた頃から――と言えば私がまだうら若

い新婚の妻であった時分から――この時計はいつも私の机の上で、チック、タックとささやいていた。
戦争のあいだ、私たちはいくたびか荷物を片付けた。そしてそれをどこか遠方へ疎開《そかい》することを考えた。（いろいろのさしつかえで、とうとう荷物の疎開さえできなかったが）その時にも、荷造りの中へ入れるのも淋しく、そうかといって焼いてしまってはなおさら惜しく、私はどんなにこの小さな時計で苦労をしたことであろう。

こう言っていると、それはどんなにか高価なものなのだろうと読者は想像されるかもしれない。ところが、この時計は色こそブロンズ色の落ちついた感じを持っているが、アンチモン製のごく平凡なものである。ただ、これには主観的価値があるというだけなのだ。

主観的価値、つまり私の経験と感情からは大変にねうちの高いものになっているのである。

天使が右と左から支えている小さいこの時計が私のものになった日は、遠い昔の早春のある午後であった。

「きょうは四月からおやめになる先生の送別会があるのよ」という少女に答えて、

「あら、どの先生がおやめになるの？」と訊《き》く。

「まあ、あなたご存じないの？　安中先生がおやめになるのよ。だから、記念品を差し上げるので、おとという全校でお金を集めたじゃありませんか、のんきねえ、知らずにお金を出してたの？」

「そう、そう、あたし、おやめになる先生のためということだけは知ってたけど、どの先生だか聞かなかったのよ。まあ、安中先生がおやめになるの？　あなたがっかりしてるんでしょう？　あたしなんかあなたみたいに安中先生に熱中じゃないから、ついお名前を聞き落としちまったのよ」と、この少女うまく自己弁護をしてしまった。

こんな会話が廊下で交わされているのを、通りすがりに耳にはさんだその安中先生(私)は、顔をあからめながら、講堂へいそいだ。

校長はカナダ婦人のミス・ロバートソン、大きな大きな両腕の中に全校がみんな抱きかかえられそうな感じだった。事実、私なんかはよくあの腕の中にかかえられたものだった。

校長ミス・ロバートソンに伴われて安中先生であった私は講堂の高いところに並んだ。全校の生徒が集まっていた。それは私が五年間教えた学校であった。

小柄な私はここへ来るといきなり最上級の五年生を受け持たされた。「東京から来た先生」という者が地方では珍しい時代だったから生徒たちは相当興味をもって私を観察していたらしい。そして何の気なしに私のしたことの一つ一つが彼女らのあいだの話題になったらしい。

私は花を髪にさすことが好きだったので、紅い花、白い花とその時の気分に任せて、そっと一輪を摘みとっては髪にかざしたものだった。そんなことも生徒たちはよく注意していたとみえ、いまだに甲府市やその近隣の村々町々へ行くと、昔の卒業生たちが集まってきては、「先生が花を髪にさしてらしったのが今でも目にのこってます」と言う。そんなにも少女たちは年上の人々の様子に気をつけているものかと、今さらのように私は驚くのである。

さて、その日全校で安中先生のために送別会があり、生徒たちからの記念品としてこの時計と、もう一つウォーターマンの万年筆とが贈られたのである。ペンはさすがに今はもう駄目になってしまった。安中先生は自分の前に集まっている生徒たちの中には記念品のための集金があったときには、どの先生が四月から学校をやめるのかも知らずに出していた少女もあることをさっき廊下で耳にはさんだのを思い返しながら、改めて五年間を親しみ合った全校の少女たちを眺めた。みんな泣いていた。

安中先生も泣いた。涙をおさえて立派な別れの挨拶をするには、私はまだあまりに若い先生であった。泣いて泣いて泣いて泣き尽くした悲しい別れであった。

三百人余りの全校生徒たちからの集金は一人金十銭ずつだった。それで買い求められたこの時計は、今私にとって何にも代えられない宝の一つである。

『村岡花子エッセイ集　想像の翼にのって』河出書房新社、二〇一四（平成二七）年

19 戦後の甲府

甲府の復興への願い

甲府「たなばた空襲」で一番先に焼夷弾が落ちたのは、山梨英和女学校であった。何もなくなった山梨英和の学校は近くにありながら、空襲に遭わなかった富士川小学校を借りて授業や卒業式を行った。

一九四七（昭和二二）年、戦後いち早く甲府へ戻ってきてくれた宣教師は住むところもなく、同窓会長が山中湖に持っていた別荘を解体して、校内につくった家に住んだ。宣教師（グリンバンクなど）は一九四三（昭和一八）年、強制的に東京の収容所に入れられ、国外退去させられた。一方、戦時中カナダ在住の日系人たち（七九頁でふれたマチコの親など）は、カナダ国内各地にあった収容所に入れられた。カナダに帰った宣教師たちはその収容所内に学校をつくり、特に高校生はおかげで大学にも進学でき、医者になった者もいた（グリンバンク、ハミルトンらの働きは二〇一九年放送のＮＨＫ『ＥＴＶ特集』でも紹介された）。

次の随筆では夫婦の関係もわかる。

1948(昭和23)年、富士川小学校を借りて卒業式
前列中央（白い服の女性の左）雨宮敬作校長、
前列左から3人目・ハミルトン、4人目・グリンバンク

甲斐路にて

昔、私はこの甲府の町の丘の上の女学校で教えていたことがあった。第一次欧洲大戦の終った頃であった。その学校の校舎は戦災に逢って今は跡かたもない。きょう、私はその女学校の生徒たちが仮校舎として勉学している富士川小学校へ行って、女学生たちに話して来たのだが、私が東京の学校を卒業したばかりの若い教師として、あの丘の校舎へ来た当時、国文学を受持っていられた雨宮先生が現在の校長として活動していられるのを見て、二十七年の歳月があとがえりして再び若い日がめぐって来たような気がした。

けれども、それは気持の上だけのことで、現実の私はあの時分から今までの間にはずいぶんと多くの苦労を重ね、運命の浮き沈みをとおって来た老いたる婦人であり、雨宮先生も亦、かなりにお年が寄られて見えた。年を取ることを言えば、今度の旅行は尾崎行雄先生のお供をして来たのだが、先生の驚くべき活動力を見ては誰も発奮せずにはいられない。汽車の中での御様子と云い湯村のこの旅館に着いてからの談論と云い、まったく、私たちが世界に誇っていい偉大な存在だと思いながら、私は図らずもこの幸な旅が中部民論社の計画で私に与えられたことを感謝している。

民論社の原拓平氏が東京大森の私の家へこの計画を齎《もたら》して私を招いて下すった時、つい、氏のすすめ上手に乗って、承知したのだったが、原氏のうしろ姿が見えなくなった途端に、私はそれを悔いた。天下の尾崎先生と御一緒するなどとは身の程を知らぬも甚だしいことだ。直ぐさま電報で断ってしまおう、原氏が甲府へ着かないうちに、その電報が待っているようにしようと思った。

ところが、それを夫に話すと、意外にも不賛成であった。

「それは大変なしあわせだ。ああいう偉い人物と御一緒する機会はめったに得られるものではない。ぜひ、お供しなさい。必ず教えられる処がある。それは生涯の宝となるものだ。断るなどとは以ての外だ。行って来なさい」と云う命令である。

この命令は民論社の原氏の勧誘とはまたちがった強制力を私の上に持つものなので、結局、私は一度は書いた電報を反故にして、尾崎先生の一行に加わったのである。

咢堂《がくどう》先生に眼のあたり接するのははじめてだけれど、故テオドラ夫人には、一、二度お逢いしたことがある。これも古い話で、この町の女学校の教師をやめて東京へ帰り、結婚してから間もない頃だったが、テオドラ夫人が日本の喜劇を英訳したいので、誰か一緒に読んで呉れる人を欲しいと言はれたそうで、私の母校の大先輩松村みね子夫人が私をテオドラ夫人に紹介したのであった。松村夫人に連れられて品川御殿山の尾崎邸へ行ったのを憶えている。松村みね子女史はその頃盛にアイルランド文学の翻訳を発表されていたが、歌人片山広子としての女史の方をよく知っている人々もあることであろう。竹柏会での先輩として作歌についても夫人から多大の指導を受けたのだが、今の私は単なる短歌の愛読者で

校舎も焼け、バラックの新校舎。
ガラスにはすべてEIWAと紙を貼って盗まれないようにした

あるだけだ。

翻訳家松村みね子夫人には、良き原作を選ぶので貴重な助けを得ている。戦時中途絶えていた「王子と乞食」（マーク・トウエン原作、岩波文庫）が終戦後逸早く増刊されて、家庭文学愛好者たちを喜ばせたが、今から十二年前に私がはじめて訳出したのも、全く松村夫人の提案に依ってであった。

「あんまり面白くて、ゆうべは殆ど夜明かしして読み上げてしまいました。あなたも読んでごらんなさい」といって、夫人が貸して下さったのが機縁で、如何にも面白いこの小説を我が国の青少年にぜひとも与えたいという願望が私の心中に起ったのであった。そのほか、いつも人生の明るい方面を見て喜んで行くことを生活の目的とした少女パレアナの物語なども、松村女史にすすめられて、訳出したものである。

［中略］

山梨英和の先生方とともに。1957（昭和32）年ごろ
前列右からダグラス、花子、グリンバンク

女学校の教師をしていた時分、「湯村」という名をしばしば聞いたけれど、その湯村の温泉に浸ったのは今度がはじめてである。幾分塩味を帯びたいでゆの中に浸っている間もこれが東北の温泉でもなく、東海道の温泉でもなく、甲斐の国の温泉だという意識が私を限りない喜びの中にさそってゆく。

甲府の地に生れたというだけで、幼い中にここを去った私は両親や母方の祖父母から東京で甲州の話を聞く以外には、この土地のことを知る機会はなかった。たまたま、ここの女学校で僅かな年月教鞭を執ったことが、私を終生甲州の地に結びつける元となったのである。

学生の時分から健全な家庭文学のために生涯働きたいと念願していた私が、最初の書物を出版したのは甲府の女学校に教えていた間のことである。それは「爐邉」と題した作品集であるが、家族そろっての団欒の中で愉しく読めるような清純な文学をこの国に与えたいというのが乙女の日の私の希望であった。

文学に対しての私の考えかたもその後さまざまの変化をとおったが、如何なる題材を選ぼうとも、如何なる素材を扱おうとも、その終局に於て、人間生活を引上げるものでありたい、引下げるものであってていい筈はないという考えかただけは今も変らない。人生に理想を見失わないようにとは、私の絶えざる祈である。

甲斐の国の山と水は私の若い年月のたましいの糧であった。生活のほこりにまみれた私に今なお心のふるさとを与えているのは甲斐路の山と水である。

尾崎先生は山国の人々は頭脳が明敏だから甲州人に期待すると言われる。この言葉は私の裡《うち》に、遠く過ぎ去った青春の日の甲斐の国での朝夕を再びよみがえらせた。山の上の空にかがやく星を仰いでは、みづからに与えられている使命は何であろうかと、静なる思を凝らしたあの時分の純真な自己が貴くさへ感ぜられる。過ぎて見れば一瞬のようにも思われるこの歳月も、若い心には遥かなる将来であったのだ。

戦災の焦土の上に新しい甲府市が建設されつつある。甲斐路を走る鉄路から再び美しい甲府の市街が眺められ旅人の疲れた眼をいこわせる日も遠くないことであろう。

（一九四六・五・二一）

『雨の中の微笑』新美社、一九四七（昭和二二）年

村岡花子の考えは経験から生まれてきたものが多い。事実から学んで行動している。それらを率直に随筆で語っている。

新卒業生に捧ぐ

村岡花子

新しき道　わが前に開く
花咲く道か　いばらの道か
知らず　さわれ
ゆだぬる身は　こころやすし
父の備うる道にしあれば

愛の光は　束の間も消えじ
そを仰げば　花もいばらも
ともにたのし

〃これが新しくご入会なさいました　新卒生の心境でありますように〃

(大正三～八年度勤務
在東京大森)

1957（昭和32）年12月20日発行の「栄和同窓通信」に載った花子の言葉

この随筆は戦災で焼け野原になった甲府へ、戦後一九四六（昭和二一）年に来た時の内容だ。随筆の出版は一九四七（昭和二二）年。この時の旅は主催者の企画によるもので、尾崎行雄（咢堂）と共の旅だ。相手が大政治家なので花子は恐れ多いと断るつもりで夫儆三に話した。しかし儆三は反対し、行ったほうがよいと半ば命令のようにアドバイスしていることがわかる。それを素直に聞く花子の姿も見える。

尾崎行雄と言えば歴史的にも教科書に載るような人物だ。「憲政の神」「議会政治の父」とも言われ、一九五四（昭和二九）年九五歳で亡くなった。三重県出身で、代議士として当選二五回、叙勲は返上している。「世界連邦運動協会」は今もあるが、初代会長だ。

花子は大正末年実子を亡くし、夫の順調であった会社をなくし、決して順調な人生を歩んだのではなかった。

東洋英和女学校の初期伝統教育の権化のようなブラックモア校長の厳しい教育を受け、ブラックモア校長の示した「学校時代が一番良かった」などと言ってはいけない、「そういわせる教育は失敗。人生、常に今が一番と言えるような生き方をとること」という教え。花子も逆境にあって、そのようにして生きてきた。この時代花子の筆一本、行動力で村岡家の経済は回っていたように思う。そして、常に今が一番という生き方を花子はしてきたのではないか。

大学講師としての顔

晩年には、東洋英和女学院短期大学の保育科の非常勤講師として講義を担当した（大学は免許がいらない）。多忙な生活のために休講が多かったというが、予め休講とわかっている日には、学生に宿題を課して、翌週にはそれについて講義をした。短大の卒業生の回想記や回顧談のなかに、村岡講師について触れたものが少なくない。そのひとつを、紹介したい。


在学中に教えていただいた先生の中で、休講が多かったにもかかわらず、大変印象深い授業をして下さった方に、村岡花子先生がいられます。

先生は「児童文学と言語指導」を教えてくださっていましたが、私のノートには全く記されておりません。それでも、一回一回の内容が思い出されるのです。

たとえば、良い絵本を紹介されるとき、「ある子どもが、『ぼくはマンロー・リーフという人は世界一えらい人だと思う。だってみんなの世界をかいたんですもの』といいました」といわれて、岩波絵本の『みんなの世界』を見せてくださいました。そのとき買った本は、私の三人の子どもたちが愛読しましたので、四角が丸くすりへっています。

また、話し方についてのお講義に、イソップ物語の『オオカミと少年』を聞かせてくださいました。ラジオでおなじみの声です。

「大声で叫んではいけません。口をはっきりあけて、声を出さずに、『オオカミが来た……』といえば、さも大声を出したように聞こえるでしょう。」

私が、今、文庫の子ども達や、教会学校の子ども達に話すとき、このように話すのは村岡先生に教えていただいたからだと感謝しています。

あるときは休講でしたが、その時間に、マルコによる福音書十章十三節から十六節までを物語りにして、レポート用紙一枚に書きなさいという課題を出されました。「幼な子を招かれたイエスさま」の話をただの四節から拡大するのです。教室中、騒然となりましたが、想像をたくましくして、みんなようやく書き上げました。次の時間、先生は大変すばらしく、そのお話を聞かせてくださったのです。このことも、後の私にどんなに勉強になったかわかりません。

［後略］

村上祐子記『短大保育科の記録』

若い時、山梨英和でも生徒たちに人気のあった、心に残る教員であった村岡花子は戦後の東洋英和短期大学での講師の時もアイデアあふれる講師であったようだ。

花子という生き方

愛する儆三の死後も、花子は同じような日常を過ごしていた。日常の生活は変えない。一人になって成したことは初めての海外旅行。それも『赤毛のアン』のプリンスエドワード島でなく、娘のみどり一家の赴任地アメリカだ。欲がない。生活に根差した生き方、生活そのままの延長の人生。何のための、誰のための、自分と同じように本の好きな青少年に本を提供すること。それが花子の人生なのだ。若いころからの村岡花子の人生の目標であった。

村岡花子は自分のやりたいことは全部やってきたのではないか。山梨英和時代の教員職は生活費を稼ぎ、家族に仕送りをするためというのが基盤にあった。しかし、そんな気配は感じられず、大いに楽しんで自分の力を発揮し、自分らしい日常を過ごしていたようだ。

また、そこにとどまらず、次のステップに移っていく。自己の納得いく生き方で、自分の人生を切り開いていく素直さ。人の評価を気にしない生き方。あまりにストレートすぎてその自身のバイタリティに本人が気がつかない。

そして、花子の随筆から気づくことは人間関係の豊かさだ。観察力と記憶執筆するその話題の豊富さだ。本書にとりあげた随筆を読んでもその一端がわかる。私がどんなに甲府時代を浮き上がらせようと解説や添え書きをしても花子自身の筆の力に勝るものはない。それも戦後になって思い出して書いているものも多い。その事実の記憶力より、その時の花子自身の内面の記憶力がすごい。その事実より内面でどう思ったかを書いている。

甲府時代は人生の中ではたった五年間であったので、花子が戦後、甲府時代についてたびたび書く時、「甲府で数年間教員をしたことがあった」と、過ごした年月もあいまいな表現で書いた。自分にとっては短時間で、ひとつひとつのことはただ思い出のように書いている。しかし、花子の人生で「甲府時代」がなかったなら人生の飛躍や展開は違っていたかもしれない。「甲府時代」が花子の人生の土台になっていたと思う。

花子の人生を振り返ってみると、結婚した後は波乱が多かった。働かざるを得ない環境であった。結果として、明治生まれの女性の中では、トップクラスのランナーとして生涯を終えた。

私の曾祖母つねは創設された今のお茶の水女子大学（当時は「女子師範学校」、一八七二［明治五］年に開校）に山梨の田舎から出て入学し、一八七九（明治一二）年初めての卒業生になった。同級生に日本最初の女医になった荻野吟がいた。荻野吟も村岡花子も明治の女性の中では高い教育を受けた。教育を受ける中で自分の志を描き、特に荻野吟は最初から医者になりたくて女子師範ができるとそこに入った。医者の学校がなかったからだ。

花子は勉強する中で自分の志を立て、少女文学・家庭文学・翻訳文学へと分野を広げた。花子も吟も生涯志を変えず実践した。

私の曾祖母つねは、当時の女性としては高い教育を受けたにもかかわらず、一主婦として生涯を終えた。花子とつねとは全く違っていた。でも『赤毛のアン』のモンゴメリの価値観や花子が『爐邉』のはしがきで述べているように、名をあげず平凡が良いというのであれば、その生を全うして充分であった。

明治生まれの女性は生きる中で、自然体の自己主張を学び、実践していった。花子の周りの女性がそうであった。花子と交流が深かった少女文学の吉屋信子、花子と同じ年齢の婦人参政権獲得運動の市川房枝、日本女子大学創設に尽力した広岡浅子、歌人として活躍し、花子の翻訳家への道を開いてくれた片山広子、同級生だったけれどいろいろ話題を振りまいた白蓮（宮崎［柳原］燁子）他。

現在の日本で、まだまだ男女平等指数は「『世界の男女平等ランキング二〇二〇』で一五六カ国中一二〇位。G7中ダントツ最下位。中国・韓国より低い」と新聞に出ていた。二一世紀にもなるがこれが日本の現実である。

花子がいた甲府時代の五年間は人生の志を考え、それを実践（『少女画報』『婦人新報』『福音新報』への投稿。『爐邉』出版）した年月であった。それを思うと甲府は花子の人生の基礎をつくった場と言っても言い過ぎではない。甲府に住む者としてそこに誇りを持つ。

花子は、新しい誘いに応えて山梨英和を辞めた。その年に結婚までしてしまう。甲府は飛躍の場でもあった。

花子にとっても甲府は忘れ難い土地になり、戦前の山梨英和女学校『同窓会報』には愛息道雄が亡くなったことなど消息が毎号載っている。戦後も、何度か訪れている。

甲府時代の生活は、花子の人生の土台だ。それは花子の中の自覚にはなっていなかったと思うが、思い出にはなっていた。

村岡花子

昔のむかし大昔《おほむかし》、或所の大きな大きな花園《はなぞの》の直ぐ傍《わき》の方に、小さな小さなお家《うち》があつて、其の中に、勘定《かんぜう》の出來ない程多勢《おほぜい》の子供を持つた仙女のお母様《かあさま》が住んで居りました。

其の多勢の子供達《こどもたち》は皆、お揃《そろ》ひの衣裝《いしやう》をして居りました。青《あを》の靴に白の靴下《くつした》、それに先端《さき》の尖つた白の帽子《ぼうし》を被つて、其の尖《とが》つた一番先端《さき》には露《つゆ》の玉《たま》が一つづゝ光つて居《ゐ》ました。

或日の夕方《ゆふがた》、仙女のお母様《かあさま》は子供達に向つて、「コレ子供達《こどもたち》や、お前方《まへがた》はこれから、自分々々の象牙《ざうげ》のバケツを持つて、隣《となり》のお庭《には》へ行つて、お花の上の水を落《おと》してお出て。だけれど、明日《あした》の朝、お日様《ひさま》の上らない中《うち》に、きつと歸つて來るんだよ」と言ひました。

さあ子供達は大喜《おほよろこ》びで、バケツを振《ふ》り振《ふ》り、飛《と》んで行《ゆ》きました。けれどもお庭《には》へ行つた時には、皆夢中《みなむちう》になつて仕舞つて、草の葉《くさは》の上に乘つかつて、お山の大將《たいしやう》をしたり、又それに寢《ね》こんで見たり、花と花の間《あひだ》でかくれんぼをしたりして遊《あそ》びました。

そして、如何《どう》でせう、其の晩一晩《ばんばん》、遊んで遊んで、遊び抜《ぬ》いて、次の朝お日様《ひさま》の上るまで、露《つゆ》を汲む事も象牙《ざうげ》のバケツの事もすつかり忘《わす》れて仕舞《しま》ひました。

最早《もう》家《うち》へ歸る時間も過《す》ぎて居《ゐ》ますし、露を集める事なんかは迚《とて》も遲《おそ》くなつて居て駄目《だめ》です。「仕方《しかた》が無いからね、象牙《ざうげ》のバケツは此處《こゝ》いらの草の莖《くき》に引掛《ひつか》けといて、今夜《こんや》もう一度露《つゆ》を集

けれども、お家《うち》へ歸つて、お母様《かあさま》の悲しさうなお顔《かほ》を見た時には、何だか自分達《じぶんたち》も悲しくなつて、言《い》ふ事《こと》を聞かなかつたのを濟《す》まないと思ひました。

やがて夕方になりますと、皆大急《みんなおほいそ》ぎでお庭に行きました。初《はじ》めに一人、次《つ》ぎにもう一人の子、其の次ぎに又一人の子と皆銘々《みんなめいめい》に象牙のバケツを取《と》らうとするのですが、どれもどれも、しつかりとくつゝいて仕舞《しま》つて居て、其上に、倒《さかさま》に下つて居りました。

其の時から今迄《いままで》、象牙《ざうげ》のバケツは其の儘《まゝ》、しつかりと莖《くき》にくつゝいて居ります。それが鈴蘭《すゞらん》の花なので御座います。

多分皆様《たぶんみなさま》のお庭にも、よくお探《さが》しになつたら、象牙《ざうげ》のバケツが、一つ位は有《あ》るかも知《し》れませんよ。(をはり) 舊作

(27)

『婦人新報』1921年（大正10）年6月号に掲載された花子の童話「鈴蘭草」

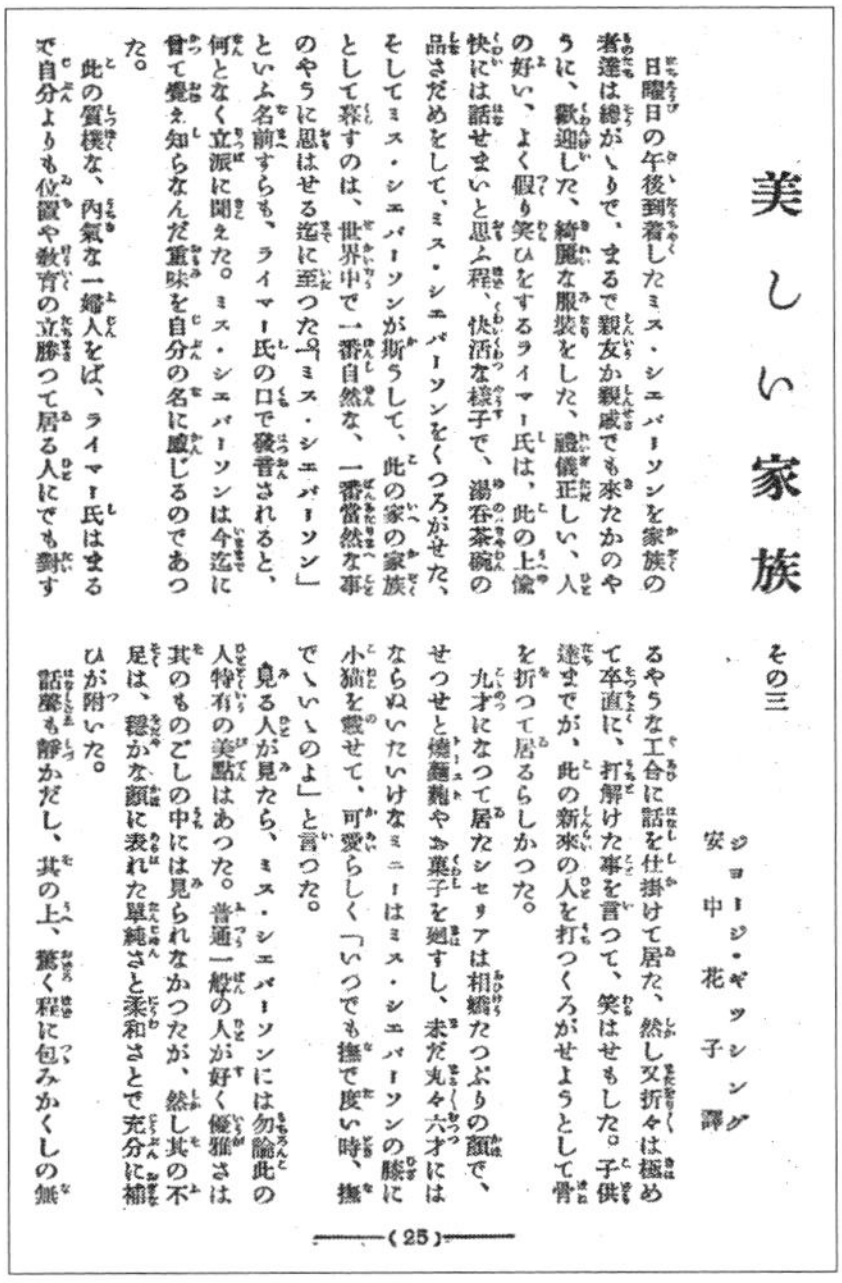

美しい家族

その三

ジョージ・ギッシング
安中花子譯

日曜日《にちえうび》の午後到着《ごごたうちやく》したミス・シエバーソンを家族《かぞく》の者達《ものたち》は總《そう》がゝりで、まるで親友《しんいう》か親戚《しんせき》でも來《き》たかのやうに、歡迎《くわんげい》した、綺麗《きれい》な服裝《みなり》をした、禮儀正《れいぎただ》しい、人《ひと》の好《よ》い、よく假《つく》り笑《わら》ひをするライマー氏《し》は、此《こ》の上愉快《うへゆくわい》には話《はな》せまいと思ふ程《ほど》、快活《くわいくわつ》な樣子《やうす》で、湯呑茶碗《ゆのみぢやわん》の品《しな》さだめをして、ミス・シエバーソンをくつろがせた、そしてミス・シエバーソンが斯《か》うして、此《こ》の家《いへ》の家族《かぞく》として暮《くら》すのは、世界中《せかいぢう》で一番自然《いちばんしぜん》な、一番當然《いちばんあたりまへ》な事《こと》のやうに思《おも》はせる迄《まで》に至《いた》つた。「ミス・シエバーソン」といふ名前《なまへ》すらも、ライマー氏《し》の口《くち》で發音《はつおん》されると、何《なん》となく立派《りつぱ》に聞《きこ》えた。ミス・シエバーソンは今迄《いままで》に曾《かつ》て覺《おぼ》え知《し》らなんだ重味《おもみ》を自分《じぶん》の名《な》に感《かん》じるのであつた。

此《こ》の質樸《しつぼく》な、内氣《うちき》な一婦人《いちふじん》をば、ライマー氏《し》はまるで自分《じぶん》よりも位置《ゐち》や教育《けういく》の立勝《たちまさ》つて居《ゐ》る人《ひと》にでも對《たい》するやうな工合《ぐあひ》に話《はなし》を仕掛《しか》けて居《ゐ》た、然《しか》し又折々《またをりをり》は極《きは》めて卒直《そつちよく》に、打解《うちと》けた事《こと》を言《い》つて、笑《わら》はせもした。子供達《こどもたち》までが、此《こ》の新來《しんらい》の人《ひと》を打《う》ちつくろがせようとして骨《ほね》を折《を》つて居《ゐ》るらしかつた。

九才《くさい》になつて居《ゐ》たシセリアは相好《あひかう》たつぷりの顏《かほ》で、せつせと燒麺麭《トースト》やお菓子《くわし》を廻《まは》すし、未《ま》だ丸々《まるまる》六才《ろくさい》にはならぬいたいけなミニーはミス・シエバーソンの膝《ひざ》に小猫《こねこ》を載《の》せて、可愛《かあい》らしく「いつでも撫《な》で度《た》い時《とき》、撫《な》でゝいゝのよ」と言《い》つた。

見《み》る人《ひと》が見《み》たら、ミス・シエバーソンには勿論《もちろん》此《こ》の人特有《ひとどくいう》の美點《びてん》はあつた。普通一般《ふつういつぱん》の人《ひと》が好《す》く優雅《いうが》さは其《そ》のものごしの中《うち》には見《み》られなかつたが、然《しか》し其《そ》の不足《ふそく》は、穩《おだや》かな顏《かほ》に表《あらは》れた單純《たんじゆん》さと柔和《にうわ》さとで充分《じうぶん》に補《おぎな》ひが附《つ》いた。

話聲《はなしごゑ》も靜《しづ》かだし、其《そ》の上《うへ》、驚《おどろ》く程《ほど》に包《つゝ》みかくしの無《な》

(25)

『婦人新報』1919（大正8）年10月号に掲載された花子が翻訳したギッシングの「美しい家族」

20 花子の死

「丘の上の教会」で

一九六八（昭和四三）年一〇月二五日、村岡花子は脳血栓で突然亡くなった。七五歳の生涯だった。

村岡花子の葬儀はいつも通っていた日本基督教団大森めぐみ教会で営まれた。大森めぐみ教会は、約二千坪の広大な敷地に建てられていて、春は、桜と花壇の花々が咲き、秋は、栗の実がたくさんなり、自然に恵まれた閑静な場所にある。讃美歌第二編の「丘の上の教会へ」にぴったりとあてはまるような教会であった。花子の信仰は本人も書いているが、一人息子を亡くすことで「信仰」が深められたようだ。次第に「神に祈るとは」「人間の存在とは」「人生の在り方とは」「神とは」など、幼児洗礼のクリスチャンであった花子が感じたキリスト教とは違ってきたのではないだろうか。

また、村岡儆三の支えや花子を理解する力がどんなにか花子を自由にしてくれただろうか。村岡儆三にとって花子は自分自身であっただろう。花子にとっても村岡儆三は自分自身であったかもしれない。戦後は特に花子が家計の担い手で家計を支えていただろう。それを、花子自身も楽しくこなしたのではないだろうか。男性がよく言う「誰の稼ぎで食っているんだ」というような感じ方はこの夫婦にはなかったと思う。

丘の上の教会へ

1、丘の上の教会へ　のぼる石だたみ、
春は桜のはなびら、
手のひらにうけてのぼる。
（おりかえし）
ほら、ディン　ドン、ディン　ドン
さやかにやさしく
ベルは鳴りわたる。
あぁ、なつかしい教会へ
きょうこそみんなで帰ろう。

2、夏はみどりさわやか　陰も涼しくて、
高く口笛吹いては、
肩組み合わせてのぼる。

3、丘の上を望めば　空に羊ぐも、
秋の陽をあびてひかる、
煉瓦の塔の十字架。

4、雪の降る夜みんなで　歌声あわせた、
小さいときの思い出が、
いまこころに鳴りひびく。

『讃美歌　第二編』一八九番、作詞・阪田寛夫

村岡花子は亡くなる半年も前に遺言を書いていた。

〔前略〕母の霊はいつもあなた方を守っているでしょう。私は愛し、愛されて真実の幸福を味わいました。私の祝福をあなた方に送ります。さようなら

昭和四十三年三月三〇日夜　　村岡はな

葬儀の最後に秘書の八木令子さんが語った悼詞が、「村岡花子先生葬送の記」として記されている。

〔前略〕
「夢の国　紫雲に　うちのりて
いけどもいけども人にあわずて」

花子先生はこの歌のように今天国に向かっての旅を続けていることでしょう。

この歌は昨秋私が甲府に墓参に帰った際私の以前勤務した山梨日日新聞社の野口二郎会長を久々にお訪ねしたその際、野口氏が「一寸メモしてご覧よ」とおっしゃるのでメモをとると、すらすらと口ずまされるのだった。

そして、「どういう訳かとにかく山梨英和で花子さんが先生をしていたとき歌ったのと思うのだが、私の記憶に妙に残っているんだよ」とおっしゃられるのだった。

私は帰ってから先生にこのことを報告すると「あらそう忘れちまったわ。野口さんもお元気ね」といわれて苦笑されていた。

先生と野口二郎氏のお姉さまは東洋英和で仲良しの同窓生であった。

『横浜歩道』七八号、一九六八年（昭和四三）年一二月、いづみ通信社

本書に掲載された村岡（安中）花子の随筆出典一覧

「甲府のおもいで」『山梨日日新聞』一九六二（昭和三七）年三月二一日
「えんぴつ売り」『生きるということ』あすなろ書房、一九六九（昭和四四）年
「汽車の中」『母心随想』時代社、一九四〇（昭和一五）年
「ぶどうの房」『生きるということ』あすなろ書房、一九六九（昭和四四）年
「コタツの上の美味」伊藤永之介他『ふるさとの料理』中央公論社、一九五五（昭和三〇）年
「母の思い出」『京都新聞』一九六二（昭和三七）年五月一二日
「初めて仕事を持ったころ」『随筆サンケイ』一九六四（昭和三九）年三月号、産経新聞出版局
「郷土の冬、郷土の人」『母心抄』西村書店、一九四二（昭和一七）年
「甲斐路にて」『心の饗宴』時代社、一九四一（昭和一六）年
「忘れ得ぬ人」「東光」一九五七（昭和三二）年一二月二五日、東洋英和女学院
「彼と彼女」『生きるということ』あすなろ書房、一九六九（昭和四四）年
「美しきもの」『母心抄』西村書店、一九四二（昭和一七）年
「心なくして手を」『母の友』一九六〇（昭和三五）年八月号、福音館書店
「静かなる青春」『心の饗宴』時代社、一九四一（昭和一六）年
「クリスマスの追想」『母心随想』時代社、一九四〇（昭和一五）年
「空を仰ぐ」『心の饗宴』時代社、一九四一（昭和一六）年
「肩書」『母心抄』西村書店、一九四二（昭和一七）年
「I女史への記憶」『親と子』要書房、一九五三（昭和二八）年
「山を想う」『心の饗宴』時代社、一九四一（昭和一六）年

「小学生の母」　『親と子』要書房、一九五三（昭和二八）年
「心の翼」　『女子文苑』一九四一（昭和一六）年三月号、女子文苑社
「日本人の記憶力」　『甘辛春秋』一九六八（昭和四三）年夏の巻、鶴屋八幡
「初めての本」　『生きるということ』あすなろ書房、一九六九（昭和四四）年
『爐邉』はしがき　『爐邉』日本基督教興文協会、一九一七（大正六）年
「ほうとう」　『村岡花子エッセイ集　曲がり角のその先に』河出書房新社、二〇一四（平成二七）年
「バイブル」　『生きるということ』あすなろ書房、一九六九（昭和四四）年
「時計」　『村岡花子エッセイ集　想像の翼にのって』河出書房新社、二〇一四（平成二七）年
「甲斐路にて」　『雨の中の微笑』新美社、一九四七（昭和二二）年

参照文献・資料一覧

【村岡花子著作・訳書】
『爐邉』日本基督教興文協会、一九一七年
『母心随想』時代社、一九四〇年
『心の饗宴』時代社、一九四一年
『母心抄』西村書店、一九四二年
『雨の中の微笑』新美社、一九四七年
『見知らぬ国』労働文化社、一九四七年
『心の窓から』社会教育連合会、一九四九年
『親と子』要書房、一九五三年
『私の考え』講演集第二集、警察官友の会、一九六四年
『生きるということ』あすなろ書房、一九六九年
『村岡花子エッセイ集　想像の翼にのって』河出書房新社、二〇一四年
『村岡花子エッセイ集　曲がり角のその先に』河出書房新社、二〇一四年
パール・バック『母の肖像』村岡花子訳、ポプラ社、一九六四年

【書籍・雑誌】
村岡恵理『アンのゆりかご――村岡花子の生涯』新潮文庫、二〇一一年
村岡恵理監修、内田静枝編『村岡花子の世界――赤毛のアンとともに生きて』河出書房新社、二〇一四年
茂木健一郎『「赤毛のアン」が教えてくれた大切なこと』ＰＨＰ研究所、二〇一四年

飯田文弥・坂本徳一・小林是綱共編『写真集　明治大正昭和　甲府』国書刊行会、一九七八年
「写真集甲府物語」編集委員会編、写真集『甲府物語』市制一〇〇年記念、甲府市、一九九〇年
中丸眞治・楠裕次共著『甲府街史』山梨日日新聞社、一九九五年
山田弘道・土岐秀苗共著『甲斐小地誌』温故堂、一八九二年
山梨英和学院史編纂委員会『山梨英和学院八十年史』山梨英和学院、一九六九年
山梨英和の歴史をたどる会編『山梨英和　礎のときを生きて』山梨英和中学校・高等学校同窓会、二〇〇六年
山梨英和の歴史をたどる会編『続　山梨英和　礎のときを生きて』山梨英和中学校・高等学校同窓会、二〇一三年
東洋英和女学校五十年史編纂委員会編『東洋英和女学校五十年史』東洋英和女学校、一九五九年
東洋英和女学院史料室委員会『村岡花子文庫和書目録』東洋英和女学院資料集第六号、二〇一八年
『東京女子師範学校六十年史』東京女子師範学校、一九三四年
柳原白蓮『白蓮自叙伝　荊棘の実』河出書房新社、二〇一四年
白蓮著、佐佐木信綱編『踏繪』(心の華叢書)、竹柏会出版部、一九一五年
鳥取県立公文書館編『澤田廉三と美喜の時代』鳥取県立公文書館、二〇一〇年
片山長生『愛郷――外交官澤田廉三の生涯』「愛郷・澤田廉三」刊行会、二〇二〇年
内田健三他編『言論は日本を動かす』第五巻、講談社、一九八一年
加藤純子『荻野吟子――日本で初めての女性医師』あかね書房、二〇一六年
伊藤永之介他『ふるさとの料理』中央公論社、一九五五年
高崎宗司『朝鮮の土となった日本人――浅川巧の生涯』草風館、一九八二年
若山牧水『森の小徑』齋藤書店、一九四九年
『山梨の女性作家たち』ふじざくらの会、一九九七年
秦郁彦『幕末から平成まで　病気の日本近代史』文藝春秋、二〇一一年

片倉佳史『台湾鉄路と日本人――線路に刻まれた日本の軌跡』交通新聞社、二〇一〇年
佐藤八寿子『ミッション・スクール』中公新書、二〇〇六年
軽井沢新聞社編著『HISTORY of KARUIZAWA――縄文時代から現代までの軽井沢』軽井沢新聞社、二〇一三年

【雑誌・新聞】

『甘辛春秋』一九六八年夏の巻、鶴屋八幡
『キリスト教史学』第七四集、キリスト教史学会、二〇二〇年
『少女画報』東京社、一九一九年
『少女画報』東京社、一九二一年
『資料と研究』第二十輯、山梨県立文学館、二〇一五年
『随筆サンケイ』一九六四年三月号、産経新聞出版局
『母の友』一九六〇年八月号、福音館書店
『婦人新報』第二六七号、婦人新報社、一九一九年一〇月
『婦人新報』第二八五号、婦人新報社、一九二一年六月
『婦選』一九三三年八月号、婦選獲得同盟
『彷書月刊』一九八九年七月号、弘隆社
『ほまれの家』一九四二年七月一日号、軍人援護会
『女子文苑』一九四一年三月号、女子文苑社
東洋英和女学校『母校創立五十年記念号　同窓会報』一九三五年
東洋英和女学院「東光」一九五七年

山梨英和女学校『同窓会報』大正六年
山梨英和女学校『同窓会報』大正九年
山梨英和女学校『同窓会報』一九二七―一九三九年
山梨栄和中高等学校『栄和同窓通信』一九五五年
山梨英和中学校高等学校同窓会『会員名簿』一九九九年

『山梨日日新聞』一九六二年三月二一日、二〇一四年五月一四日、二〇二一年四月一〇日
『朝日新聞』二〇一四年四月二七日、二〇二一年四月一〇日
『京都新聞』一九六二年五月一二日

【展覧会・ホームページ等】

「『赤毛のアン』を日本で初めて紹介した村岡花子」二〇〇六年三月三一日、山梨県立文学館
「『村岡花子展』ことばの虹を架ける～山梨からアンの世界へ～」二〇一四年四月一二日、山梨県立文学館
「村岡花子と教文館」（パンフレット）、教文館、二〇一四年
「村岡花子とロレッタ・ショウ」（パンフレット）、学校法人プール学院、二〇一四年
「教文館ものがたり――明治・大正・昭和・平成の１３０年」（パンフレット）、教文館、二〇一五年
甲府市役所ホームページ

あとがき

今は三英和（東洋英和・静岡英和・山梨英和）とも「ミッションスクール」とは言いません。もはやミッショナリー、つまり宣教師もおらず、ＷＭＳもありません。しかしカナダのＷＭＳが日本の三英和他にしてくれたことに対して私は深く感謝をしています。だからこそ、今度は私たちがアジア・アフリカの途上国に支援をしていかなければと考えています。それで既存の組織の会員となって支援をしたり、山梨英和中学・高校では学校を挙げてダルニー教育基金を支援しています。

三英和の学校はキリスト教主義教育を今も続けています。「宗教教育」をしていると聞いて山梨ではお寺や神社仏閣の子女が入学してきます。親は「宗教教育」を期待しているのです。ただ、学校は創立のころのような厳しいミッショナリーの教育はできませんし、実際していません。メソジスト、つまりメソッド（ルールや決まり、質素を旨とする）を大事にして徹底した厳しさを持つ教育が初期のころは行われましたが、現在は、神とは、やさしさとは、一匹の羊とは、パリサイ人とは等々、キリスト教文化に応えられる教養や日々の日常生活を大切にし、そこで培われる「宗教心」を大切にしています。これは親や家庭ではなかなか与えられないものと期待されています。日々が大事だからこそ、日々先人からお話を聞く機会も多く、心を耕される日常があります。

また、英語に関しては一〇代の早いころから、オンタリオリーダー（カナダの国語教科書に当たる）などで学んで耳を肥やしていた花子やたか代たちと違って、宣教師すらいない現代ではできるだけネイティブの方々にお願いをして一年生から英語教育に時間を多く割いています。公教育にはない価値観に期待し、親は自分の母校に入学させる例も多いのです。
花子も娘みどりを東洋英和に入学させて和歌を詠んでいます。

土くれも　いとしかりけり　我が少女　日々のまなびに　通うこの道
ながき母は　遠き乙女の日に返り　心燃えつつ　この道を行く

「母と子が同じ学校を母校として持つことは一つの幸福だと私は思っている」と花子は『親と子』に書いています。

私は現役教員のころ「人生で三〇歳か三五歳ころ自分はどうなっていたいのか？」と親も子も考えるような教育を心がけてきました。その年齢のころどうなっていたいか。自分の人生を考え結婚して家庭を持っていたいとか、自分の考える仕事をしていたいとか、それならどんな教育をさらに受けたいのか、技術を身につけるべきか、資格を取るべきか、自分の路線を敷く時期が今の中学高校生の時期です。

村岡花子も結婚後の三〇代ごろから創作や翻訳を本格的にはじめて収入を得るようになりました。それまでは、投稿はしても仕事（収入）とはなっていませんでした。

大正の甲府時代、花子は人生の志を考え、実践（『少女画報』『婦人新報』『福音新報』への投稿、『爐邉』出版）した年月でありました。五年という、人生の中では短い時間でしたが、甲府の風土や人間関係は、花子の身体に深く沁み、後に書く随筆に染み出しています。

二〇二〇年、山梨県から村岡花子についての講演を村岡恵理さんと共に依頼されていましたが、残念ながらコロナのために中止されました。しかし私の心の中では一層、村岡花子の人生の基礎をつくった甲府時代を皆に知らせたい、村岡花子の名随筆を読んでいただき、花子が言う青春につながる甲府時代を多くの方々にお知らせできたら嬉しいという気持ちが育ってきました。

そのことを二〇一四年、教文館主催の特別展「村岡花子　出会いとはじまりの教文館」でお目にかかる機会を得た、教文館の渡部満社長にご相談し、出版への道が開かれました。まずは厚くお礼を申し上げます。

本書を刊行するにあたり、村岡花子の随筆に惹かれている私に対し、多くの随筆の転載を快諾してくださった村岡家に深くお礼を申し上げます。

鳥取出身の澤田廉三に関する件では、澤田の優れた評伝をお書きになり、電話での転載のお願いを許してくださった片山長生さんに厚くお礼を申し上げます。鳥取からいろいろな情報を寄せて下さった鳥取県立公文書館の伊藤康さんや応対してくださった方々、父上の影山光洋さんがアルゼンチンでお撮りになった若き澤田廉三・美喜夫妻の貴重な写真を提供してくださった藤沢の影山智洋さん、本当にありがとうございました。

東洋英和女学院史料室でいつもお力添えをしてくださる松本郁子先生・三笠知世先生、山田弘道関係の資料や写真を提供してくださった群馬前橋の山田本家、東京世田谷の中込家、山梨英和学院の理事長小野興子先生、山梨英和学院の同窓会・史料室関係のみなさまにも合わせて深く感謝申し上げます。

そして、終始温かく編集して下さった教文館の髙橋真人さん、森本直樹さんに厚くお礼を申し上げます。

最後になりますが、私をいつも応援してくださった故木田献一先生、故桑島一郎先生、故桑島慶子先生、故古屋春美さんにこの本を捧げます。

深沢　美恵子

二〇二一年四月

編著者紹介

深沢美恵子（ふかさわ・みえこ）

山梨県甲府市生まれ。甲府に在住。1965年から山梨英和学院に勤務。中学高等学校に40年、大学に8年、理事で12年勤め、現在（史料室）に至る。著作に『回想の浅川兄弟』（共編、草風館、2005年）、『山梨英和　礎のときを生きて』（共著、山梨英和の歴史をたどる会編、2006年）、『続　山梨英和　礎のときを生きて』（共著、山梨英和の歴史をたどる会編、2013年）など。

日本音楽著作権協会（出）許諾第2103766-101号

花子とアン 村岡花子の甲府時代

2021年5月30日　初版発行

編著者　深沢美恵子
発行者　渡部　満
発行所　株式会社　教 文 館
〒104-0061　東京都中央区銀座4-5-1
電話 03(3561)5549　FAX 03(5250)5107
URL http://www.kyobunkwan.co.jp/publishing/
印刷所　株式会社平河工業社

配給元　日キ販　〒162-0814　東京都新宿区新小川町9-1
電話 03(3260)5670　FAX 03(3260)5637

ISBN 978-4-7642-9992-4　Printed in Japan